何一峰武侠小说

何一峰武侠小说

江湖历险记

何一峰 著

中国文史出版社

目 录

第一回　老和尚深宵遇劲敌

小豪杰千里报师仇 ………………… 1

第二回　邢柱夜陷落叶河

苗奎威镇飞熊寨 ………………… 13

第三回　摘人心贼巢认阿妹

赠宝刀杯酒见豪情 ………………… 25

第四回　平山寇兄妹遭擒

亲芗泽县官撒野 ………………… 37

第五回　封知县暗使报人心

苗寨主巧献拿空手 ………………… 49

第六回　良宵宿黑店侠盗争雄

窄路遇冤家英雄遘险 ………………… 61

第 七 回　中诡谋侠盗避凶灾

　　　　　　入憨局赌徒遭毒手 …………………… 73

第 八 回　逆天伦恶道诛师

　　　　　　听奸言英雄出走 …………………… 85

第 九 回　烧村寨好女郎遭擒

　　　　　　炼毒剑侠男儿丧胆 …………………… 97

第 十 回　恶强盗杖打莽男儿

　　　　　　死左雄刀伤活邱豹 …………………… 108

第十一回　得内援兄妹脱险

　　　　　　施邪法贼道无情 …………………… 120

第十二回　大恩不言谢奇侠襟怀

　　　　　　好友视如仇英雄作用 …………………… 131

第十三回　神眼彪半路遇苗奎

　　　　　　孙天雄客邸见邱豹 …………………… 143

第十四回　碎虎胆寻仇斗怪侠

　　　　　　癫道人飞剑斩天雄 …………………… 155

第十五回　笑面虎荒山败贼伙

　　　　　　锦毛豹星夜会强人 …………………… 167

第十六回　说往事彭侠留宾

　　　　　　缔恶缘神坛逐鬼 …………………… 179

第十七回　入山庙几膏虎吻

　　　　　　陷机关又被鸿罹……………191

第十八回　天人交战辔马入危崖

　　　　　　冤孽难消奇人设黑幕…………203

第十九回　逗兽欲欺辱大弟子

　　　　　　论国仇歼杀三师兄……………215

第二十回　蓄志诛仇袖中怀宝镜

　　　　　　苦心全孝方外灭元凶…………227

第一回

老和尚深宵遇劲敌
小豪杰千里报师仇

太华山位于华阴城之东南，古称西岳华山，为中国五岳名山之一，群峦挺峙，上出云霄，险石嵯峨，攫人如怪。其下有西岳庙，庙宇巍然，石碑林立，为登太华山人必经之地。

去西岳庙庙东有一条羊肠石径，弯弯曲曲，约有十来里路，便见青杉绿竹，掩映着一座小小的山庄。庄主人是清康熙甲戌的进士，官至翰林院修撰，姓邢，名琴，表字雪樵，道号唤作非非居士。邢雪樵五十致仕，休养林泉，可谓享尽人间清福了；只是膝下空虚，没有一男半女，未免常兴伯道无儿之叹。

因西岳庙是太华山最名胜的丛林，寺里的清规极严，住持老和尚苇渡，人品、学术都高人一等。雪樵素来信佛，喜与和尚谈禅。归休以后，时常青衣小帽，到西岳庙来，听苇渡老和尚讲经，宾主之间，都十分投契。

雪樵看苇渡身边有个小沙弥，年纪在七八岁的光景，却生得头骨峥嵘，面如重枣，睁开两个圆彪彪的眼珠，像小星一样。每逢苇渡讲经的时候，这小沙弥也低眉合目，好似参究那禅悟起来。

这日，苇渡忽对雪樵说："这小沙弥法号涵静，不但智慧超群，并且大力弥伦，他有本事，能将一口重约三百斤的铜钟用两手抓住两边的钟耳，轻轻掀举起来。若将此子放入尘寰，定非俗器，即令皈依三宝，凭他将来的法力，也不难降龙伏虎。"

雪樵听苇渡这样说，不住向小沙弥打量着，却被苇渡看在眼里，向雪樵笑道："老居士心爱此子，总算和此子缘分不薄，贫衲便舍给老居士吧。"

雪樵听苇渡的话，分明打入自己的心坎，但怕这小沙弥是有老子娘的，若令还俗，怕他将来对于"孝道"两字，异姓的爷娘，总不及他亲生的父母比较纯笃。及听苇渡说明这小沙弥的来历，原是路旁的婴儿被苇渡收养在山，不知他父亲姓什么，是哪里的人氏，雪樵不由露出欢天喜地的样子，把小沙弥唤至跟前，摩着他的头顶，口里叫了声："儿！"

小沙弥只不回答，两个闪闪烁烁的眼珠只向苇渡脸上望着。

苇渡笑道："好孩子，快给你父亲叩头。你父亲姓邢，字雪樵，道号唤作非非居士，是个清廉一品的人物。"

小沙弥心里虽不情愿，实在又不敢违拗苇渡的话，便去跪在雪樵面前，口里叫了声："阿爹！"那声音来得十分纯笃。

苇渡笑道："你见过你父亲，拜过你父亲了，老衲这地方须不是你安身立命之所，愿你此去善事父母，日后有缘，或许有人提携警悟，引你归入正觉。你切记不可妄作胡为，迷失你来时道路。"

小沙弥听了流涕道："弟子愿得侍养师父终身，求师父做做好事，准许弟子待师父百年后，再完全弟子的孝道。"

苇渡只是瞑目不答。

这里雪樵听小沙弥说话头头是道，不像是七八岁的孩子，今日不忍忘情苇渡，即他日不忘孝道的一点儿根基。小沙弥虽对苇渡这样说，雪樵却不怕他不跟

3

随回家做儿子。

忽然小沙弥流泪哭泣起来说："我喊叫师父，师父怎不答应我呢？好忍心的师父。"旋说旋起身走到苇渡面前，趴在他的怀里说，"怎么弟子叫了半会儿，师父连理也不理呢？可知师父平时爱我的话，那是师父打的诳语。"

苇渡仍是瞑目不答。雪樵也觉苇渡的形态很奇怪。

忽然从外面来了十几个和尚，一齐罗拜在苇渡面前问道："师父昨天约我们前来，有何吩咐？"

苇渡仍是瞑目不答。

那小沙弥蓦地叫了声："众师父，师父的双手已冰冷了，浑身动也不动，好好的师父，怎会便死起来？"

众人再向苇渡看时，已是圆寂多时了，遂扶着小沙弥下来，齐声念佛，送苇渡归到西方极乐世界去。众人的佛念完了，简直如丧考妣痛哭起来。便是雪樵，也觉这老和尚死了可惜。再看老和尚两眼泡下，有几点泪渍，口里也喷出许多鲜血来，不像无病而终的样子。

众僧徒都觉老和尚死得太蹊跷太唐突了，好像在昨夜间，预先知道他死的时期，特约众僧徒前来的。看他的死相可怕，只研究不出是得的什么病症。

唯有这小沙弥，想起前夜间的事，心里有了几分明白，不便对众人说穿。待焚化了苇渡遗骸以后，小沙弥暗暗在苇渡龛前祝道："师父死得冤惨，有弟子在，请师父在暗中默佑弟子，给我师父报雪大仇。"

默祝了一番，以后便由雪樵领着小沙弥，回非非山庄去。

小沙弥拜过邢老夫人，取名就唤作邢柱。这邢柱的根器良不恶，对于雪樵夫妇之间都能恪尽人子之道，读书的天分又高，先生说他是个神童，将来的造就定是一位金马玉堂的人物。

但邢柱年岁虽小，却别有用心，旁人正无从索解。他觉得终日抱着个书本子，打着蚊子的哼腔，便得用功上进，博得个一官半职，也不能报雪他师父冤仇。上学才六个月，心里便有些不耐烦起来，暗想：我若将师父的仇恨告诉我的父母，这样事张扬出去，我就要死定了。若要父母不叫我读书，恐怕不肯答应，不如筹划个妙策，日间依旧在书房里读书，晚间给他们个冷不防，好做我的正事。

主意打定了，到了夜间更深人静，悄悄溜出后门，跑到山岩间，想起师父惨死，自己不知到什么时候才能报雪大仇，不由得伤心起来。却又不敢号哭，怕有人听见了，赶来盘问，告诉他的父母，只得躲在那山岩间，嘤嘤地啜泣。哭过了，就步出山岩，到山坡上去，搬石块，打石子，练习本领，甚至梭进溜退，一步一步，做那四百四十码的赛跑。似这么过了几夜。

雪樵这夜因在静室里看书，直到三更以后，还没有宿歇，因见中天的月色甚好，想到山坡上去玩赏，信步走到后门口。看后门上虚掩着，雪樵暗暗好笑，心想：幸亏这地方平靖，下人们托大，忘记关着后门，也不怕有强盗进来偷东西了。出了后门，约走三十步，反操着两手，仰面在月光下走了几转，觉得万籁俱静，胸怀为之一畅。

忽听得有嘤嘤哭泣的声音，这哭声听来很熟，声声刺入肺腑，雪樵很是惊异。再一细听，哭声就从山岩间传来，雪樵便悄悄走进山岩。

这时邢柱正俯伏在一块石头上呜咽不止，并不觉得有人前来。

雪樵忽看见邢柱在这地方伤心哭泣，便用手在邢柱背上轻轻拍了一下，道："孩子不去睡觉，独自溜出后门，跑到这里哭些什么？"

邢柱忙起身一看，不提防是他父亲来了，老大吃了一惊，便向石块下一跪，仍然仰着脸抽咽起来。

雪樵又问道："你躲在这里哭泣，是谁人欺负了你？你告诉我，我给你做主，可是先生打了你吗？"

邢柱掩泪道："先生很喜欢我，没有打我。"

雪樵道："怕你母亲打了你了？"

邢柱道："母亲把孩子看作是个珍珠宝贝，她不会下忍心打我。"

雪樵道："再不然，你是没有心住在我家中吗？"

邢柱哭道："除我父母而外，哪里还有疼爱孩儿的人呢？总该饮水思源，何能忘却我父母的恩典？孩儿别有伤心，才独自溜到这里哭泣，想不到父亲前来，下次再不敢到这地方哭泣了。"

雪樵挽着邢柱的手说道："你究竟哭的何来？告诉我，怕什么？或者我给你想个法子。"

邢柱见雪樵盘问得紧，哪里还敢隐瞒，遂将师父的冤仇，自己要给师父报仇的志愿，向雪樵低声说了。

雪樵讶道："不错，我也想到你师父死得很奇怪，你说他在死期前两夜，你师父在禅房里，门不开户不破地看见来的那个道士，向你师父低说了声：'冤家相见，须纳下性命。'只说这两句话，那道士便不见了。你可看得清那道士是什么衣装，多大的年纪，怎样的面貌？"

邢柱道："那道士尽穿了件破皂袍，相貌没看得清楚，但是凶恶到了极处，看他满腮的胡须，和乱麻相似，年纪至少也有四五十岁。师父从他去后，也低声说着是冤家是对头，以后便不说什么了。孩儿暗问师父，只不肯告诉我。不想师父圆寂时，口中流血，不是仇人暗害了他吗？"

雪樵道："呀！是谁？总之你师父的仇人也很有点儿来头。好孩子，你打算要怎样给你师父报仇？"

邢柱道："孩儿也想那仇人有彻地通天的本领，就使读书上进，将来做了官，也不能报复师父的冤仇，对于根本上终觉有缺。要想报复师父的大仇，非得学成比仇人还好的本领。"

雪樵道："你是为这样事，才禁不住伤心，躲在这地方哭泣，这也是你师父要你给他报雪冤仇，才肯将你舍给我呀！我看你师父平时在你身上寄有希望，居然将你舍给我了，原来他别有用心，要托我成全你，给你师父报雪冤仇。你不用向第二个声张，且回家去安歇,改日我给你请一个人,传给你的本领,只是你以后无论如何,不要对人宣泄胸中的秘密。凭你的至诚心,我包管你将来如愿而偿。"

邢柱答应着,自同雪樵回去。

第二日,先生放过晚学,雪樵把邢柱带入自己的小书房里,一会儿,便见个秃发红眉的老道士走进小书房来,向雪樵拱手道:"贫道从此告辞了。"

雪樵问道:"道长有什么公干,为何走得这样匆急?"

老道士道:"贫道闲云野鹤,长住在这地方,身子很受拘束,要到别处去玩耍几月,没有什么要事。"

雪樵便指着邢柱向老道士说道:"犬子邢柱,若使托庇老道长门下,这小子的造化真是不小。"

老道士向邢柱望了望,讶道:"此子骨俊神清,气宇不凡,将来必成大器,怕他是富贵中人,不是道法中人。"

雪樵只顾向他厮缠,叫邢柱过去拜师。邢柱便端整向那老道士拜了几拜。

老道士指着邢柱,哈哈一笑道:"好!我欢喜你,只是你年纪很小,不是学道法的时候,十年后,你应该成全我手。只是你要学习道法,有什么用处?"

邢柱道："要有什么用处就有什么用处，弟子只不用着为非作歹罢了。"

老道士拔地起身一跳，说："很好，你我有缘再见。"说着，头也不回地去了。

邢柱只弄得莫名其妙，问老道士毕竟是甚样一个人物。

雪樵道："这人道号瘖生，和我也很相契，两日前到我们太华山来。他的本领极好，就是人品坏些，你将来学他的本领，偿你的心愿。他的人品高下，与你有甚相干？你切记不可将你的心愿对他露出半个字。"

邢柱道："阿爹叫孩儿怎样，孩儿何敢违拗？不过孩儿每日在读书的时候，抽出点儿工夫，练习这个身体。"

雪樵道："学道法的人总该要懂得些武艺才好，你要学文，就用文先生，要学武，就得聘武教习，文武两道，均能寻个出头，怎样说要在读书的时候，抽出点儿工夫来学武呢？"

邢柱道："若是，则孩儿情愿学武，不愿读书了。"

雪樵点点头，便将先生辞歇了，聘了个武教师在家，教给他的本领。只是邢柱天生神勇，什么拳功、步法、十八般兵器的妙用，分明一指便悟，有手到功成之妙。不上二年，徒弟的本领居然大过师父。

如此又四年，雪樵夫妇不幸先后弃世了。邢柱待他父母三年终丧之后，便将家事托雪樵近房的堂侄邢炳管理，自己专心习武。

这时，邢柱已是十八岁了，想起寱生道长十年之约，究竟无影迹，料想寱生是父亲的好友，父亲弃养时，寱生既没有亲来吊唁，现在父亲已死，他是未必来了。我又没处寻他，道法没有学成，如何能给我师父报雪仇恨呢？

邢柱心里这么一想，只得准备出门去，遇到行径略为诡异些的道教中人，探访寱生道长的消息。因平时听他父亲说，寱生是江苏人，只想到江苏去访问，遂带了百两银子盘缠，藏了一柄大刀。临行的时候，又到苇渡神龛前默祝了一番，说："师父请在暗中庇佑我，我就去寻师，准备给师父报仇。"

邢柱虽学得过人的武艺，但他终算是个公子哥儿出身，不懂江湖上三教九流的道理，并且他有几个武艺教习，那些人都是正正当当的武进士出身，对于江湖上的行径，也算是个门外汉。俗语道得好："在家千日好，出外一时难。"邢柱在家时，一般也是养尊处优，不识山川风险，不知人心刁狡，若使远涉千里，任他有冲天本领，孤独独一个人，难免经涉许多的波澜。毕竟陕西那地方得贤宰大令的平治之功，民情较别省地方大不相同，可是一出了陕西境界，他的磨蝎便要临头了。

这日刚行到河南阌乡地方，因贪赶路程，错了栈头，天气已近二更时分了。忽然天上东一堆黑云，西一堆黑云，团团结拢，下起雨来。邢柱心想不好，看前面没有村落，没奈何只得仍驮着包袱，冒雨向前走去。约走有二里路，雨势倒停止了。

忽然看见前面有一闪一闪的灯光，似乎那里还有人家。邢柱心中大喜，急忙走到那里，看是三间茅屋，大门敞开着，有许多人围着一张台子，在那里赌钱。忽觉邢柱进门，那些人不由哗喝了一声，说："哪里走？"一面喝，一面便将台子推翻，一窝蜂拥上前来。

要知后事如何，且俟第二回书中再续。

第二回

邢柱夜陷落叶河
苗奎威镇飞熊寨

话说邢柱看有一个人夺着他的包袱，一个人挽住他的衣袖，还有四五个呐喊助威，把他团团地包围了。他见了这种势派，毫不畏惧，怕这地方狭小施展不开，长啸了一声，如同响了个霹雳，吓得众匪徒松开了手。

趁这当儿，邢柱早蹿到门外，握着一把大刀，等待厮杀。众匪徒虽从身边拔刀在手，那燎天的气焰，已却挫息了一半，你推着我，我推着你，谁也不敢先行近前。

又延挨了好一会儿，然后一声呐喊，刚要走前，复又退后一步。邢柱也转不去理会他们，撒开脚步便走。说也奇怪,这一班匪徒,先前因邢柱奋起神威,不约而同地退让下来,放他走去,此刻见邢柱的脚步走得快,想他没有什么大不了的本领,转在后面追赶,却都离邢柱一二丈远近,不敢近他的身子。

邢柱因一时跑急了,两脚一滑,跌个寒鸦扑水,溅了满身的泥水。追赶的众匪徒见此情形,大家都喝彩起来,一齐奋勇赶至。

忽然邢柱一跃而起,眼中早射出神光来,手起刀落,早砍死了一个。第二个又赶上来,又被邢柱一刀搠进他的胸窝,倒在泥地上死了。第三个上来,使的牛角尖刀,蓦地向邢柱左肋下刺去。邢柱来不及还刀,用左手一格,那刀已接在邢柱手中了。想不到这第三个不是外行,觉得刀头被邢柱接住了,就随手使劲向后一拖。邢柱经他这一拖,当时也不觉怎样,趁他向后拖着的声势,忙松开了手,飞去一只右脚,只听得哇的一声,那第三个又翘了辫子。还有四五个匪徒,见邢柱动手伤死三个,只吓得回身向斜刺里逃跑。邢柱也懒得追赶,向前走了几步,觉得掌心间有些冒火,忙拽住脚步一看,星光下看手上淋漓着许多泥水血迹。原来掌心间已被那强徒的刀尖撩破了,便拽开裤子,在掌心上溅了一泡尿,把上面泥水血迹都溅去了。小便有止痛解毒的功用，最是伤科中的妙药，邢柱掌心上溅完这泡尿以后，立刻便停止疼痛，割了衣上的襟带，将伤处包裹起来，便抡刀在手，缓缓向前走去。

刚又走了二三里路，腹中觉得有点儿饥饿，前面又有灯火人家，走到那里，恰是一条汊河，水却没有多深。这河名叫落叶河。邢柱便解去履袜，准备涉水而过，谁想那河水虽不深，却被淤泥填满了。邢柱两脚踏着淤泥，就陷将下去，任他有冲天的武艺，再也拉不上来，只急得头昏眼涨，两腿不住用力向上拉着，却越拉越陷得厉害。

猛可间听得一声欸乃，便见远远划近一只小小的渔船。邢柱便不由直着喉咙叫道："请你快划过船来，渡我到对岸去，我赏你一两银子。"

那渔船上的后生听了，便将那渔船划得前来，船到了邢柱身边，那后生拼命价将邢柱从淤泥里抱起来，两眼只顾向邢柱身上打量。邢柱因这只渔船只容得两人，幸得河心水没多深，从容划到对岸。那后生见邢柱握刀在手，鞋袜都系在腰间，只得让邢柱跳上了岸。

那后生便系好了船，指着前面一座茅檐说道：

"我的家就住在那里,看客官是过路的人,这地方的强盗很多,客官在黑夜间孤身行走,很不方便,不若请到我家中弄点儿东西吃,就在那里睡歇一夜也好。"

邢柱道:"我有这一身本事,怕什么强盗?不瞒你说,强盗我已杀死三个了,你还说我怕强盗。你若送我到府上去吃点儿东西,明天多多谢你几两银子。你不怕这划子被强盗偷去吗?"

那后生道:"强盗偷到这些不值钱的东西,世界上还有安静的日子吗?客官快随我来。明天你要赏小人三两银子,好买一只大些的划船。"说着话,那后生已将邢柱引到一处茅屋下站定。

那后生轻轻把柴门弹了弹,叫了声:"浑家!"便显出闪闪耀耀的烛光,有很松脆的声音应着:"来了!"

呀的一声门开,却是一个油头粉面、抹嘴描眉的小娘子,手里拎着个灯笼,向邢柱面上照了照,说:"毛毛鱼,这位大爷是谁?"

毛毛鱼道:"他是个财神菩萨,你要供奉一炷好香,讨得财神菩萨的欢喜。"

邢柱只不知道他是说些什么。

小娘子嘻嘻笑道:"哎呀!这位爷两腿两脚都被

淤泥沾满了，身上的衣服又湿，怕不是冒着雨，又陷在落叶河中的吗？出门人要知道保重身体，衣服湿了，身上必有些冷，请到后面烤一烤火。"

邢柱道："你道我身子就这样娇懒，点点辛苦都吃不消？"

大家进了内堂。邢柱看这内堂里点着一盏油灯，两边有两个耳房，中间就是个内堂。

那娘子便端过一桶洗脚水，给邢柱洗了腿脚，便向邢柱笑道："大爷可将这一个包袱给我在房里收好了，我去取捆干柴来，给大爷烤火。"

那后生急喝道："你怎讲？你是讲的什么？出门人的一把刀、一个包袱，便是人家的性命，你怎叫人家把性命交给你手？好不知事的死娼妇，真是见笑这位客官了。"

那小娘子笑了笑，说："我是好心，你把我说成个驴肝肺了。既是这样说，毛毛鱼，你到前村去打瓶酒来，我取柴给客官烤火，你放心是了。"

毛毛鱼听了，便从房里取了个酒瓶，匆匆走出门去。这里小娘子取过干柴，给邢柱把衣服烤干了。小娘子只顾逗着邢柱说话。邢柱穿好了衣履，便向那小娘子说明夜间杀死三个强盗的事。

小娘子笑道："这些死不了的强盗，杀了一起，又是一起，大爷以后要小心些，不可再着了强盗的道儿。他们内中也有大本领的，做这种没本钱买卖。"

邢柱道："我是不怕大本领的，我有的是这把刀，可以闯荡江湖，没有点点的风险。"

小娘子又笑道："目今的强盗，硬来怕不是你的对手，多有用蒙汗药酒把你迷翻了，才下你的手，做下谋财害命的案件。"

邢柱道："我有的是鼻子，蒙汗药酒是闻得出的。"

小娘子大笑道："大爷真是老走江湖的人。"

说到这里，那后生已打酒回来了，把酒瓶放在桌上，显出很匆急的样子，向他娘子叫道："浑家，前村开酒店的张老板，他的浑家害心疼病死了，请我去伴死尸。你弄几碟肴菜请客官吃酒，服侍客官到东房里睡，明天要赏你三两银子。"

那小娘子笑了笑，说："你去吧。"

那后生仍旧匆匆走出门去。

邢柱笑向小娘子问道："你对他笑些什么？"

小娘子笑得呵呵地说道："我笑他像个痴龟。"

邢柱看这小娘子态度太妖艳了，语言太风流了，欲要走开一步，肚里又饿得很，便想：我自和她混着，她说她的，我听我的。柳下惠坐怀不乱，即令她祖裼裸裎立我侧，毕竟我心如石，于我何伤？看小娘子取了酒瓶，走到厨房里，忙了一会儿，已烫上一壶酒、两盘咸肉、一盘鲜鱼上来，说："你不怕酒里有蒙汗药，就得胡乱吃一壶，挡了寒气。"说着，已满斟上一杯来，递给邢柱。

邢柱被她提醒了，说："大嫂，你也吃一杯。"

小娘子笑道："酒里下着蒙汗药，我是不能吃的。"

说着，便接过邢柱面前的酒杯子，衔在口中，一饮而尽。转又取一个酒杯，斟一杯来递与邢柱。邢柱便饮酒食菜，毫无疑惑。

吃酒时间，邢柱便向小娘子问道："大嫂，你们打鱼的人家，也过着这样很舒适的日月。"

小娘子笑道："我不因他家里有几亩田产，若尽靠着他打鱼为业，大爷看我这脸蛋子并不奇丑，人不嫁，如何嫁一个鬼？我娘家姓秦，也是个书香门第，不幸父母早亡，家里又没有田产，有人出来做媒，叫我嫁给这毛毛鱼毕四。我是初开的一朵鲜花，竟插在牛屎堆里了。"

邢柱也笑了笑。

少刻,毕四的浑家又端上一碗饭,给邢柱吃。邢柱便要打开包袱取银子,说:"酒饭我已叨扰过了,你丈夫又不在家,我不便在你家里歇宿。"

毕四的浑家笑道:"怕什么?你是清水,我断不将你捺在浑水里面,你看外面又下起雨来了。"

邢柱果然听得门外淅淅沥沥的雨声作响,只得仍旧坐下。

毕四的浑家又说道:"大爷口里,想有些渴了,我已泡好一碗茶,是雨前的叶子,大家吃一杯解渴,我便服侍大爷到东房里睡。我睡我的房里,鱼不犯水,水不犯鱼,我不想把我这已经玷污的身体拿来吸取大爷的银子。"

邢柱口里真有些渴了,听说有茶吃,便点了点头。少刻,毕四的浑家冒着雨,到厨房取来一碗茶。

邢柱揭开碗盖,说:"好一阵清香,这茶真是泡的雨前叶子。"

说着,便呷了一口,舌本间都布满了香气。接着又连呷好几口,越呷越觉得津津有味。忽然邢柱叫了声:"哎呀呀!"两个"呀"字刚叫出口,邢柱便觉眼前一黑,像似天旋地转一般,便从竹凳上栽倒下来,两脚向上一箍,将桌子箍翻了。桌上的杯、碗都箍得粉碎。接连便听他在地上打起呼声来了。

毕四的浑家哈哈大笑了三声,就在这第三声笑出来的时候,毕四已冒着泼天的雨走进来,说道:"这王八养的,好大的瞌睡,方才在王二飞腿那里,看他那种雄赳赳、气昂昂的样子一点儿没有了。"

毕四的浑家笑道:"你别要瞧不起他,倒是生成骡子骨的脾气,老娘百般调弄他,他只是不理不睬的。不是老娘把迷香药下在茶里,怎好给未死的绿林中人除害、已死的绿林中人报仇?"

毕四道:"我听得朱四眉毛一伙人告诉我说,这囚攮杀了王二飞腿、蒋四蜡烛,踢死了顾一刀,四眉毛好容易才从斜刺里逃得性命,料想这厮必从落叶河经过,要我出马,制死这厮的性命。不是我对你打了几句哨子,这事情就办得糟了你妈的蛋了。"

毕四的浑家听了笑道:"放你妈的屁,你才是你妈的臭蛋呢!朱四眉毛一伙人现在哪里?你快将他们叫得前来,好抓出这王八的心肝下酒,也叫他们快活快活。这包袱里的银子是要给老娘的了。"

毕四道:"他们一伙人就在前村张七秃子的酒店里,已着令几个伙计,去将王二飞腿三人的尸首拖出去掩埋了。"

毕四的浑家点点头，一面提着邢柱的包袱，放开一看，里面只有一个元宝、三四十两碎银、几套单棉的衣服，此外并无值钱的东西。先将那包袱提回房中，看毕四去了，重又走到邢柱跟前，看他虽然双眼蒙眬，那种英武的神情，不由叫人由畏生爱，心里暗暗感叹说："你这点点的年纪，好一副神筋骝骨，不上片时，便要做刀头之鬼。不是我姓秦的姑娘忍心将你处置死命，实在因你这腔子里生硬的，换心丹再也换不转你的心来。你若在那时候对我露出丝毫的意思，我就愿跟随你，不愿陪着那混账乌龟过日月。这是你自己发糊涂，你死须不能怪我的心肠狠毒。"边说边来解去邢柱身边的大刀，放在案上，早将他四马攒蹄地绳捆索绑起来。

一会儿，毕四已领着朱四眉毛、张七秃子这一伙人迎风呼哨，冒雨前来，于是公议处决邢柱的办法。由张七秃子出主意，说："顾一刀是穿山甲的徒弟，我们老久约顾一刀，引着到穿山甲那里入伙，叵耐他故土难移，一直不曾答应。如今我们要想到穿山甲那里去，不如将这狗养的解去献功，大家在熊耳山坐上一把虎皮椅子，吃着大碗酒、大块肉，不比开酒店、做毛贼来得写意？"

朱四眉毛跳起来笑道："好极好极，秃子的心想不错，这件事，第一个我先竖手。"

毕四道："张四老板很知道我们吃这种剥皮的饭也没有什么味道了，光是东剪西掠，也不是个长策。我们若到熊耳山那个去处，不但可以生财发福，而且在江湖上享一享大名。"

众人也都说这话很像煞有点儿道理，于是手舞足蹈的，一个个都像发了疯魔似的，从毕四家中取了个很大的板木柜子，将邢柱放在柜子里。毕四佩了邢柱的刀，叫他浑家也到熊耳山去享福。大家且将家事托朋友照料，一路押着柜子，到熊耳山来，且按下慢讲。

单说熊耳山上，有个飞熊寨，寨中有五六百名喽啰。两个首领，一个是碎虎胆苗奎，善使开山双斧；一个便是那穿山甲花明，能放得好一支袖箭。这两个首领，在那里落草，声势非常浩大，每月也着实有些油水。

这日，苗奎、花明在飞熊寨中吃酒，忽听喽啰禀告，说："山下绑来八个人，扛来一只板木柜子，请大王示下定夺。"

苗奎斥道："什么事，敢来打搅老子的酒兴？快出去，将那八个人放了吧！"

喽啰道："请大王暂息雷霆之怒，孩儿还有下情容禀。有几个人曾对孩儿说，他们是顾一刀的朋友，特解来一样下酒的东西，到大王爷这里献功。"

苗奎勃然怒道："滚你妈的，谁知道什么顾一刀，耍你在这地方，放你妈的屁！"

喽啰哪敢多说，便退下来。

忽然花明向苗奎说了几句，苗奎才转了笑容，叫道："孩子转来！"

要知后事如何，且俟第三回再续。

第三回

摘人心贼巢认阿妹
赠宝刀杯酒见豪情

话说苗奎向那喽啰笑道:"既是二寨主徒弟的朋友,且带上来问个明白。"

喽啰连声诺诺,少刻,果解上张七秃子、朱四眉毛、毕四夫妇一伙人上来。喽啰也把那一只很大的板木柜子抬到结义厅上。当由张七秃子把顾一刀惨死的情形,以及毕四夫妻擒获凶手,准备把凶手押解前来请示的话,添枝减叶说了一遍道:"孩儿们到熊耳山下,被山上的弟兄们当作羊羔绑得上来,今蒙二位大王爷爷格外开恩,将孩儿们转来讯话,真是天地父母。"

花明听了,说道:"顾一刀那个孩子,平时的行径要算绿林中的坏蛋，不过咱老子想这孩子也死得凄惨，总算是自家的师徒，难得凶手已擒获前来，咱老子给他报仇好了。"

张七秃子这一伙人都分站在厅上，看喽啰打开柜子，抓出邢柱来。

这时邢柱已经清醒，只是浑身被绳索捆绑起来，纵有冲天的本领，也没有丝毫反抗的能力了。

花明便笑道："咱们这两天没有吃过那样菜，口里要淡出鸟来。孩子们，快将这厮绑在将军柱上，抓出他的人心，好给咱们下酒。"

喽啰们答应了一声，如同平地响了几个焦雷，早将邢柱绑在将军柱上。这消息早传遍了全寨，厅外儿郎们都远远看视厅上活摘人心；便是厅后，也有许多花团锦簇的人，窃窃地从屏风后偷瞧。

邢柱到了这种关头，一死没有要紧，只因师父的冤仇未报，竟落到这样结果收场，心里非常刺痛，只咬着牙齿，并不则声。只见喽啰们取一盆冷水上来，并送上一块鲜姜，解除他上身的衣服，露出雪白的胸膛。执刑的喽啰也赤膊着上身，手里握着一柄风飕飕、寒闪闪的解手刀子，现出凶神恶煞的样子，猛地喝了一口冷水，向邢柱胸膛上口一喷。那把刀看要揿到他的胸脯上了，奇怪，却在这时候，早有人向碎虎胆苗奎耳朵边，不知说了几句什么话。

苗奎急吆喝了声："且慢！"

执刑的喽啰便撤回刀子。

苗奎便喝令："孩儿们，快将柱上的人放下去，将这八个死猪绑起来，下在土牢里，听候发落。"

厅上的喽啰只不知大王爷如何陡然变卦，便是穿山甲花明，看了苗奎这种举动，实属骇人听闻，但畏怯他的虎威，不敢发作，眼看着众喽啰把张七秃子男女八人押解下去，只要向苗奎问说什么似的。忽地从屏风后跑出几个丫鬟，后面走出一个玉一般的人，珠花宝髻，短袖戎装，走到邢柱面前说："阿哥，你认得妹子吗？"旋说旋令众丫鬟给邢柱松开绑绳，披好衣服。

邢柱从昏糊中蓦地听得有人叫他一声阿哥，这声音听来很亲热，睁眼看时，见是一个十七八岁年纪的女子站在他的面前，向他笑问道："阿哥不是姓邢？"

邢柱道："我唤邢柱。"

厅上苗奎听了，说："果然是我大舅来了。"

旋说旋向花明说道："这位却是你嫂子的哥子。你嫂子方才在里面，听说厅上活摘人心，遂悄悄引着丫鬟，一路到厅后看着耍子，被她看出是她的哥子，不由吓得真魂出窍，便将这话告知小丫鬟。有个丫鬟对她说：'大王爷若知道是你的哥子，断不去难为他。'你嫂子便招呼个孩儿来告诉我，果不其然，他是你嫂子的哥子邢柱。"

苗奎说完了，便向邢柱拱手道："大舅从太华到阌乡来，干什么的？险些着了孩儿们的道子。做妹夫万一摘下大舅的心肝，如何对得起我的岳父呢？"

花明登时也转了笑容，也向邢柱赔笑道："孩儿们无礼，得罪了邢少爷，我来向少爷赔个不是。"

邢柱听他们说了这些话，真似丈八的金人摸不着半点儿头脑，不禁高声叫道："士可杀，不可辱！我没有个妹子，我是孤独独一个人，你们这些瘟强盗的眼睛瞎了，快杀我的头，快取我的心肝下酒便了。"

苗奎道："大舅且请息怒，我同这位花二弟走开一边，让你们兄妹谈几句话。"说着，便拉着花明走了。

众喽啰也凑个趣儿，各人都纷纷退避下去。

那女子忽地流下泪来说："阿哥，你究竟是姓什么？"

邢柱道："你这无耻的贱丫头，做了压寨夫人，还说我是你的阿哥，实在叫人莫名其妙。我若有个妹子嫁了强盗，辱没我邢家的门楣，那还了得吗？"

那女子道："阿哥不用气恼鄙薄做强盗的，他们做强盗的，何尝没有做强盗的道理？阿哥可记得太华山西岳庙的老和尚说你几时收养下来的？"

邢柱道："你知道我是几时收养在西岳庙的？"

那女子道："阿哥到邢家却已是八岁，收养在西岳庙时，阿哥只有六个月。"

邢柱道："你怎知道这样详细？"

那女子道："那时妹子也是六个月，我们是孪生的兄妹。我在八岁时，记得老和尚来告诉我，说我的父亲姓鲁名通，是直隶省中著名的大侠；我母亲娘家姓陈，生下我们兄妹，不上十日，我的母亲得了产后惊风的病症死了。

"我们在六个月时候，我父亲便将我托给他老人家的朋友苗荣收养，将你托给了老和尚，向老和尚凄然说道：'我在茅山受了这么重的伤，看来不出两日，我这性命便不能撑持在世界上了。我不敢望老和尚给我报仇雪恨，并且我的仇人也同老和尚有不解的冤仇，老和尚不能处死他，我要老和尚怎样报雪我的冤仇呢？所只不能瞑目的，就只觉得丢下两个小儿女，无依无靠。昨晚我已将女儿小娥托庇我的好朋友，唯有此子尚无着落，承老和尚的抬举，说此子胸前有两颗朱砂红痣，骨骼神气都很不凡，愿化作徒弟。但我终存心想此子撑立鲁家的门户，不肯将他交给老和尚，如今已是成为虚愿了，只得仍托庇在老和尚座下。却因出家修道，不是一件容易的事，唯有仰老和尚好生收养，一切终身大事，都听凭老和尚做主．'我父亲托付了这番话，就辞别老和尚。

"果然不出两日，我父亲已回家逝世了。老和尚对我说过这样话，我在苗仁伯面前，要他同我到直隶去一次，无如我父亲死去八年，鲁家的人都不承认是我父母亲生骨血，在我父亲坟茔祭奠一场，便同苗仁伯转到太华山时，老和尚已圆寂了，阿哥已被邢翰林收去做儿子了。

"我要到邢家去会阿哥，被苗仁伯阻止我说，我和阿哥没到会面的时候，若勉强相会，必干造物之忌，我只得随苗仁伯回到阌乡来。

"以后我的年纪一日大似一日了，苗仁伯便将我许字他的侄儿苗奎。苗仁伯死后四年，我同苗奎结了婚，在这地方落草。方才我在内寨听说厅上要活摘人心，只听是太华山的人氏，并没听说是姓什么。及见孩儿们给阿哥解去上身的衣服,露出胸膛上两颗朱砂红痣来,你不是我的阿哥还是谁呢?

"阿哥可曾听老和尚说,害我父亲的仇人毕竟是茅山的什么人呢?"

邢柱听罢,光翻着一对儿眼珠,出了会儿神,说:"你不用骗我,老和尚没向我说过这些话,你要说我是你的阿哥,还该交给我一个证据。"

小娥道:"阿哥要我还交给你一个什么证据?哦,有了!"边说边令丫鬟倒来一杯酽茶。

小娥咬破手指,把指上的血滴入茶杯里。邢柱也便咬破了无名指。说也奇怪,两人指上的血合拢在茶杯里,再也涣解不开,邢柱方才认定和小娥是同胞的兄妹,两人便搂抱着痛哭了一场。

小娥道:"你这妹丈,本来是热肠子人,说话是个一刀两断,只是脾气坏些,若有人劝导他归入正路,也算是绿林中的侠盗,所以我的秘密都可以告诉他。他几次要想给我父亲报仇,只不知我父亲仇人是谁,不能胡乱去杀茅山一个人。就是给我父亲报了冤仇,想他看你来了,不知他要怎样的欢喜。"

邢柱道:"我第一件不情愿你竟嫁给一个杀人放火、无恶不作的强盗,任他有一百件好,只是一做了强盗，便不能说他是个好人了。"

小娥道："《水浒》上黑旋风李逵，你也说他是完全一个坏人吗？他的脾气凶狠到了极处，他的心肝也血热到了极处，眼见得人世间的假君子，不见得比他们做强盗的心术可靠。"

邢柱也没话再批驳她，转问她说道："我的意思，暂时且不回家乡去，等我锄杀了父亲的仇人，再到直隶去祭奠我父亲在天之灵。"

两人谈论了一会儿，小娥自回内寨，苗奎同花明仍转到厅上，向邢柱笑道："张七秃子这般囚攘，已被花二弟问明口供，绑出去砍了。"

邢柱道："他们虽然凶恶已极，花寨主为什么杀了自家人呢？"

花明道："张七秃子那个狗养的，但说邢小爷同他们赌输了几十两银子，要把输去的银子从他们手里抢回，两下动手厮杀，被少爷结果了他们三条狗命。他们因为邢少爷输了银子，不值价，又杀了他们的朋友，才设计用蒙汗药把少爷迷翻了，带到山寨子上，听候发落。咱们后来拷问个明白，原是有几个狗养的，要想剽劫邢少爷银子，才闯出这样大乱子。便是少爷一个正正当当的人，他们也不应该见钱眼红，糊里糊涂地动这妄念，何况凭少爷这样的本领，既然出门不同他们较量，你算强龙不压地头蛇，让了他们一脚了。只恨这些狗养的，银子便是他们的命，眼里认不得少爷是个大英雄、大人物，休说少爷杀死他们三个，便杀死三十个、三百个，也当是踏死一堆蚂蚁。他们还要平地钻风，鬼鬼祟祟地想谋害少爷的性命，这些狗养的，哪里能容着在绿林中混？"

邢柱笑道："做强盗见钱眼红，不算什么稀罕，想你们二位寨主，要活摘人心下酒，这又是什么道理？州官尽可放火，难道不许百姓点灯吗？"

苗奎笑道："咱们只知是吃的猪心、狗心，并没吃过人心。"

邢柱道："怎样说是猪心、狗心呢？"

花明道："同是一样的人皮、人肉，只有那颗心是猪狗的心，咱们只当是猪心、狗心，抓过来下酒。"

邢柱道："是了，我们和山寨子里有了关系，我便是个人；万一没有碰到我的妹子，你们也只把我当一只猪、一只狗。"

苗奎赧颜道："大舅，你是说到哪里去了？大舅若早对咱们说出自己的名姓，咱们何致误听谗言，把大舅这样正正当当的人当是一只猪、一只狗？"

这几句话，便惹得邢柱也笑起来了。

花明道："还有一件，毕四身边那把刀子已经我赏给一个孩儿了，我这里有把宝刀，献上少爷。"说着，便从身边抽出一把刀来，说，"这刀像个雁翎，就叫作雁翎刀。刀柄上嵌着两颗明珠，刀背极厚，刀尖极薄，真有斩铁如泥、吹毛不过、杀人不见血的三样好处。这把刀是咱的爷用五两银子从旧货摊上买来的，倒是个便宜货，咱的爷在这把刀上也发过不少的利市。咱的爷死了，这把刀便落在我手，几次想送个好朋友，不想今天送给了少爷，请少爷推情收下是了。"

邢柱只得收下，说道："那么我只有领情了。"

花明道："自家人要讲什么客气，叫咱姓花的很不愿听。孩儿们，厨房里的酒席，快催着送上来，咱们同邢少爷拼个两瓶。"

吃酒时间，苗奎看邢柱左手用衣带包扎，说："大舅，手上是被那些狗养的伤坏了哪里吗？"

邢柱便解开包扎，那掌心间伤势已愈，只留着碗口大的疤痕，便将那夜接着顾一刀的大刀，被顾一刀向他一拖，受了伤治好，才留下这道痕来的缘故，向他们说了。

苗奎道："大舅不在太华山，到阌乡来，毕竟想干什么事？"

邢柱道："有个寤生道士，是江苏人氏，十年前约我在今年传授我的道法。我义父虽是个文人，因我生性喜欢学武，也曾聘过几个武教习传授我这点儿武艺。我义父死后三年，我觉这点儿武艺遇到大有本领的人，出手不得，想到江苏访问那个寤生道士，随他学习道法。"

苗奎道："什么是道法？那是和尚、道士左道杀人的邪法，大舅不学那邪法也罢了。"

邢柱道："道法本无邪正，用得正便正，用得邪便邪。我只学他的道法，不学他的心术，那有什么要紧？"

大家高谈畅饮，好不快乐。

邢柱因有好几天点点饮食没有进口，略吃一二十杯酒，便蒙蒙眬眬地有些醉意上来。苗奎便吩咐两个喽啰，将他扶到一处很舒适的房里安歇。

邢柱酣睡了多时，猛听得山后数声炮响，邢柱蓦地从睡梦睁开眼来，接连听得一阵喊杀的声音，真是摇山倒海，掣电轰雷，原是有官兵来围攻山寨。凑巧这时候苗奎、花明也喝得醉倒在他们的房里，丝毫没有准备。喽啰闻炮声连珠震响，都慌了手脚，哪里还敢抵抗，纷纷向山上逃窜。

邢柱踉踉跄跄地走出房门，看了那种势派，方知是官兵前来围剿。那边苗奎、花明也都惊醒，吩咐孩儿们不要逃走。岂知这时候，山上的喽啰，十个已逃得九个了，在苗奎、花明身边的只有二三十名喽啰。恰好邢柱已提着雁翎刀前来，和苗奎、花明合在一处，便问："我妹子现在哪里？"

苗奎道："就在后面第三进上房里，大舅快去，负她前来，这总合该咱们遭这场恶劫。"

欲知后事如何，且俟第四回再续。

第四回

平山寇兄妹遭擒
亲芗泽县官撒野

熊耳山的强盗厉害，只在山间虚张声势，不敢奋勇向大寨中杀来。

邢柱在上房里，看小娥连连跺脚说："怎么好？我们兄妹要死在这地方了。"

邢柱急道："妹子不用慌张，生死总该有个天数。"

说着，把雁翎刀扑地掼在地下，双手反卷，背着小娥来到厅上，听苗奎宣言道："咱们遇到这场大祸，偏是那些孩儿们胆量太小，不待咱们号令出来，一个个如脚底下揸了油地逃跑。现在咱的夫人已被咱这大舅背得前来，眼前只剩你们这一伙值价的汉子。咱们要想冲下山去，不见得不能杀开一条血路，就是众寡不敌，着了官兵的道子，十八年后，反正也是一筹好汉。"

说罢，拔地大吼了一声，拨动双斧，向山下冲去。花明也带着袖箭，挺着一把朴刀，跟在后面。那二三十名喽啰，也各舞手中兵器，如山上飞下一二三十条大虫。

邢柱负着小娥，脚步也很迅快，和喽啰们跑得不先不后，怎当得碎虎胆苗奎、穿山甲花明脚步太快，喽啰们同邢柱只追踪不上。苗奎一双大斧，直使得拨风掣电，花明的朴刀也泼得厉害，左手还要放着袖箭，两人早冲到官军队里。苗奎喝了声："让我者生，挡我者死！"

官兵被杀了四五十人，便向两边闪避。

苗奎、花明杀开血路，回头不见邢柱兄妹同儿郎们跟上来。这时候，听山上喊杀的声音厉害，那炮声不住轰轰地响，还有人放着羽箭。苗奎右腿上中了一箭，疼痛得很厉害，早已跌坐在山石上。

花明暗叫不好，便听得嗖的一声，有一支箭，似乎从花明耳朵边响了过去，便将苗奎挟在腋下，要抽回身杀到山中去，救邢柱兄妹出来，哪里还有这种能力呢？急急地向山坡下僻静地方逃跑，连夜逃到一处村寨，才算有了性命，便给苗奎敷了伤药，躲在那村寨里，暗暗差人打探邢柱兄妹的消息。

再说邢柱负着小娥，跟随二三十名喽啰们向前冲杀，看苗奎、花明杀开一条血路，转到山坡下，便不见他们的踪影了。山中的火把密排得同白昼相似，看官兵一会儿分开，一会儿合拢，那声势煞也非常厉害。众喽啰身边各有兵器，怎挡得那些官兵敌苗奎、花明不足，若要围杀那二三十名喽啰们，任他们再汹涌些，也要碰个半斤八两。官兵虽被喽啰杀伤十余人，但喽啰也被官兵杀死七八个，受伤的也有一二十名，俱被官兵擒获了。

邢柱看这势头不妙，手边竟无寸铁，待要向斜刺里逃命，官兵又掩杀过来，但听小娥在背上说道："阿哥快放下我好逃命。"

邢柱道："我们兄妹生则同时而生，死则亦当同时而死……"

话犹未毕，众官兵一拥向前，毫不费力，将邢柱二人绑了。官兵这次围剿熊耳山，虽逃去苗奎、花明两个大虫，但擒获山上的贼党，约有二三百人，杀死者更不计其数，便到寨中去，收拾好些辎重金银，奏凯回到庐县城中，一路上吆五喝六，好不威武。

原来那庐县知事封寿椿，接任以来，听得熊耳山有碎虎胆苗奎、穿山甲花明，纠合贼党，在那里囤粮落草，自立为王，前任官多不敢兴兵围剿，封寿椿料想朝廷的官军如何不能铲除熊耳山的跳梁小丑，一道文书申详省垣，请兵剿平寇乱。河南制军接到封寿椿的文书，发下一支大令，令封寿椿调动就近各县的防营，剿平熊耳山寇，得便宜行事。封寿椿接了大令，即日暗调各县的防营，衔枚疾走，杀到熊耳山寨，自己却坐镇县城，防贼人失了巢穴，转到城中捣乱。

如今官兵奏凯而还，将那些擒获的喽啰先后讯问多时，都绑赴刑场斩决了。

最后兵差将邢柱兄妹解上堂来，封寿椿向邢柱一看，看他骨俊神清，便不像强盗的模样，看小娥生得花一般的动人情态，酒一般的醉人心灵，更倾慕得了不得，照例审讯时，得问明邢柱的名姓、籍贯。

邢柱回说："学生姓邢名柱，是太华山人氏，先父讳雪樵，曾任翰林院编修。学生世代仕宦，不做强盗。因同舍妹出门探亲，路过熊耳山，被强人掳劫上山，想在学生兄妹身上诈索一注横财。不料官兵围攻贼寨时，将学生兄妹绑得前来。愿太爷开一面仁人之网,放过学生兄妹。"

封寿椿照例向小娥又讯问一番,供词和邢柱略同,且不将他们兄妹释放,分别禁押下去,却派专员到太华山,去调查邢柱的家世。

邢柱的堂兄邢炳,素来怕邢柱要平分邢家的财产,便对调查的人说,邢柱是他伯父的螟蛉子,生性好武,早已出门了,并且邢柱也没有个妹子。调查的人照着邢炳这派话,回见封寿椿复命。

封寿椿听了大喜,便在上房提上小娥讯问。小娥铁索银铛,跪在案前,听得封寿椿问道:"小娥,你毕竟姓什么,是哪里的人氏?"

小娥道:"犯女姓邢,是太华山人氏。"

封寿椿道:"你这丫头,真是不打不出血,本县是个青天,你敢在青天面前撒谎?你的口音须不是太华山人,并且本县已调查明白,邢翰林家并无邢小娥其人。你这丫头,须得从实供来,免叫皮肉吃苦。"

小娥听他这番话,转噤住了好半晌,只得回说一个"不"字。

封寿椿顿然间便转换了笑容说道:"本县向来爱民如子,看你这样瘦怯怯的小女子,哪里能做强盗?你的来历,本县还不大明白,你细细说给本县听了,自然要成全你,替你设法。若不是存心救你,也不带你到上房讯问了。"

小娥道:"大老爷真是天大的明镜一般,犯女虽不姓邢,却同邢柱是同胞的兄妹,这其间有难言之隐,大老爷请只问邢柱。"

封寿椿笑道:"你有什么难言之隐?"

旋说旋叫当差的拿来一把锁匙,吩咐他们走开一下,便对小娥说道:"你抬起头来好谈话。"

小娥道:"大老爷在上,犯女不敢抬头。"

封寿椿道:"这是本县的上房,不是公堂,本县恕你无罪,你尽可抬头。"

小娥便抬起头来。

封寿椿向小娥面上望了望,抿着嘴一笑,说:"你手脚上的镣铐上着,行动不便,本县看你这女子可怜,暂时给你将这东西去了,好在本县勋功昭著,这点儿干系也担得了。只要你对我吐诉实情,本县就拼着前程,也要昭雪你兄妹的冤屈。"说着,便亲自抓着锁匙,给小娥去了镣铐。

小娥感激得流下泪来,不知要如何报谢封寿椿才好。

封寿椿道:"你坐下来。"

小娥道："大人这地方，哪有犯女僭坐？"

封寿椿道："看你出言不俗，何尝非名门的闺秀？本县曾说这地方不是公堂，你只管坐下来好谈话。"

小娥也只得斜着身子，在一旁坐了。

封寿椿道："本县立此奇功，剿平熊耳山的盗匪，存心要开脱几个人，并不算什么为难的事。只你得要对本县吐诉实情。"

小娥道："犯女姓鲁，家兄鲁柱，为太华山邢家义子，所以鲁柱也唤作邢柱。"

寿椿道："不用向下说了，本县问你，此刻成全你们兄妹两人的性命，你也肯成全本县吗？"

小娥听到这里，不知怎的，心里忽然明白了，说："大老爷要怎样成全呢？"

封寿椿看小娥说这话的神气，陡然来得十分严厉，这颗心竟似掉在冷水盆里一样，不由摇头叹道："你不肯成全我，不但我不能替你帮忙，便且也想不出救你的法子。我要你成全我，是要和你认作兄妹，你既认邢柱为兄，肯成全邢柱，独不能和我认为兄妹，也成全我吗？"

小娥转笑道："请问大老爷，这'成全'二字怎讲？"

封寿椿道："你同邢柱既为兄妹，本县怕你同他的情感要比兄妹更深一层了。本县因爱你的心肠血热，我想开脱你，只说你是本县义妹，一则洗清你不是强盗，再则我们借这兄妹名义，画他个依样葫芦。不过这件事是提着影戏人子上场，千万不能戳破这层纸，这是你成全我的意思，你可明白？"

小娥道："我明白了，亏得你是个爱民如子的好官，你家中也有姊妹，难道你也要她们这样地成全你吗？我看你们这样做官人的心肝，比强盗还不如。你做官还要调戏妇女，怕你家里的姊妹陪着混账乌龟过日月的日子还有呢！你若一味要想强迫我的身体，我死以后，亦当为厉鬼，追取你这混账乌龟的性命。"旋说旋起身拾着地上的镣铐，要向封寿椿打来。

封寿椿连忙闪开，喝叫一声："来人！"

早走上几个当差的，夺下小娥手上的镣铐，揪住她的乌云宝髻，容容易易上了刑绑，转押入女牢去了。

封寿椿既觉得小娥这样的女子不是容易好沾染的，却又转了个念头，要敲比邢柱，说出邢炳也通伙熊耳山的大盗，好诈索邢家的钱财。转又将邢柱提到二堂，叫前日到太华山的调查人也站在案旁，叫他将邢炳所说的话，照着向邢柱说了。

邢柱道："太爷秦镜高悬，学生也不敢隐瞒了。"

说着，便将小时如何过继到邢家去，如何要到江苏访问寤生道士，如何在前杀死王二飞腿三个害民贼，如何被毕四的浑家用蒙汗药迷翻了，解到熊耳山去，如何被小娥救了他的性命，添枝加叶地说了一遍道："鲁小娥本系学生的同胞兄妹，被苗奎劫掠上山，曾和学生相商，要在夜间私逃出寨。不料官兵掩杀上山，被绑到县是实。至于邢炳实无通盗嫌疑，便打死学生，也不承认。"

封寿椿道："邢炳说你是他伯父的螟蛉子，生性好武，早已出门了。他的意思，是有意陷害你，想独得邢家的田产。像这样东西，你还为他顾全局面，你不将他伙通大盗的事情供出，就仔细你的皮肉！"

邢柱听了，早已猜透他的用意，心想：我兄妹被陷在这地方，事实昭然，已是百词莫辩，这种害民的官吏，却以小人之心度君子之腹。邢炳虽对我的手段太毒辣些，他却撑着我义父母的门户，我若喷他一口，他的身家性命都不能保全。我死以后，也对不起我的义父、义母了。

主意拿定，只得放开胆量说道："这样无中生有的文章，请问大老爷，叫学生如何做法？"

封寿椿道："你只供出邢炳是伙通大盗，他的罪名就有了着落。"

邢柱气急了，暗恨仕途上竟有这种蛮不讲理的官，不由脱口而出地说道："假若我供说你也是横索民财的官强盗，难道你的罪名也就有了着落？"

封寿椿大怒道："混账，你敢同本县你来我去？"吩咐左右："拿夹棍来！"

差役将邢柱上了夹棍。

邢柱大叫道："大老爷要叫我说邢炳是伙通大盗，大老爷也要先有个证据，如何硬使我说这种天昏地暗的话？大老爷就说是使我供出是邢炳伙通大盗吧！"

封寿椿拍着惊堂骂道："放屁的东西！本县当不起你这浑话。"又向众差役道："收！"

众差役将夹棍收对了头。邢柱便昏晕过去，好一会儿才苏醒过来。

刑房在旁说道："你还不实供吗？"

邢柱点了点头，差役将他押上堂来。

邢柱道："大老爷哄诱邢柱硬栽邢炳伙通熊耳山强盗是实，追比邢柱诬供邢炳伙通熊耳山强盗是实。邢柱熬刑不过，血口喷人，说邢柱伙通熊耳山强盗是实。"

封寿椿险些把胸膛都气破了,冷冷地笑道:"你吃了这顿夹棍,就会说出几个是实来。"

旋说旋掼下一条签子,连"打"字都没喊出,众差役早已知道他的意思,一刻时间,将邢柱上身衣服剥得干净,绑上了天平架子,倒山也似的藤条,一五一十地飞舞而下。只见血花飞溅,顿时将邢柱打成个血人,眼直口开,已剩奄奄一息。

封寿椿看已不能再打,喝令将邢柱放下。

邢柱又到堂上供道:"大老爷不用打,邢柱明白了,老爷要在邢柱身上敲出邢家的钱财,可是吗?"

封寿椿道:"快!再掷上去打!"

邢柱道:"不用再打了,事关重大,老爷就是要索诈邢炳的钱财,也该向邢柱商量商量。"

封寿椿道:"了不得!这奴才真是打不死的贼骨头。"

邢柱道:"差役、刑房俱在此地,大老爷一只手遮不住个青天。邢柱是翰林的门第,先义父雪樵公既收邢柱为螟蛉子,邢柱肯在太老爷案前,无须动刑,就报出实供,不是没有来历的人。无论大老爷不易索诈邢炳的钱财,便是大老爷将邢柱兄妹斩决了,万一有人在上司面前硬要追问大老爷，如何办邢柱兄妹斩决的罪，要把邢柱兄妹的供词献上去，看大老爷怎解得开这个扣结。大老爷若硬追比我诬供一句，这是不能不能。"

封寿椿道："胡说，你还要本县将你绑上去打？"

邢柱道："凡官府用刑，为的是犯人胡说诬供，若句句吐实，再行屈打，便是法外用刑。大老爷此刻给邢柱兄妹留点儿地步，那性命、前程才可保全得住。"

封寿椿才知邢家不是好欺负的，皱了皱眉头，便想出一条毒计来。

欲知后事如何，且俟第五回再续。

第五回

封知县暗使报人心
苗寨主巧献拿空手

话说封寿椿因邢柱为人厉害，把眉头皱了几皱，暗想：这件事很有些棘手了，无论不能在他身上得以横索邢家的钱财，便照案情上论来，没有真确的口供，也不能办他们兄妹斩决的罪。若糊糊涂涂将他们定成大辟，万一有人在上峰衙门告下一状，于我的前程大有干碍。即如邢炳包藏祸心，要将邢柱陷置死地，不过希图独得邢家的财产，如果邢柱兄妹斩决了，邢炳又没说明邢柱是盗，那时他探听邢柱没有死供，恐怕又要给邢柱昭雪冤仇了。邢柱既昭雪得没伙盗的嫌疑，一个十六七岁的女郎被强盗劫掠上山，如何能指定十六七岁的女郎是强盗呢？不过据邢柱的口风，小娥总算慑服在苗奎威力之下。苗奎是个盗寇，能用威力压迫小娥的身体，我是做官管百姓的，却不能用机智哄骗小娥的心，要用威力去压迫她，可怕走漏风声，失了做官人的体统，后患且不堪设想。要在小娥身上拷出伙盗的供，看小娥今夜的神气，不是容易好说话的。做官人怎比得强盗好压服人，没有干碍？若将他们兄妹开脱了，别的不打紧，倘小娥把方才调戏她的情形到省城去告下状来，那还了得？可是他们兄妹供词虽紧，在形迹上不无涉及嫌疑，任他们终也粉饰不开，虽不能按法定他们个斩立决的罪，他们也不能便逃法网。那时候，我只有结果他们的计略。

想到这里，且将邢柱仍然禁押，吩咐一声退堂，叫爷们唤上两个差役，吩咐如此如此。

两个差役回道："大老爷不见堂前戒石上刻着'下民易虐，上天难欺'？要小的们那样办，日后这事察觉了，小的们吃不了这件官司。"

封寿椿道："'奸不瞒奸，俏不欺俏。'我看你两个算我心腹，只要明夜完成此事，我重重提拔你，在熊耳山贼赃方面，且提出五十两来，赏你两个。"说着，便叫爷们拿出一个元宝来。

两个差人又说道："大老爷这一对儿鸟男女，难道只值五十两银子？小的们公事公办，大老爷不能哄压小的们通同作弊，做这砍头的事。"

封寿椿又拿出五十两来，两个差人收了笑道："这银子是小，以后要求大老爷在小人身上方便些个才好。"说罢，便拜谢去了。

封寿椿心忖：这两个狗头忒厉害，我没有敲诈得邢家一钱银子，他们倒捏着我的鼻子，叫我吃这一百两的苦头。从来有上官压服下役的，不闻下役们得了把柄，倒反钳制上官起来，这是奇到哪里了？

话休絮烦，封寿椿当夜又舞弄文墨，忙乱好一会儿，方才就寝。次日起来，办理了几重公案，直到二更向后，方才将邢柱兄妹提到二堂，由刑房宣读罪状，不由分说，打了他们四十脊杖，刺了印字。两人换了较大的镣铐，披上盘头枷，发下文书，叫吴保、蒋桂两个差役，解着邢柱兄妹，发配黑龙江外。

吴保、蒋桂领了公文，带了邢柱兄妹，悄悄用两乘小轿，将邢柱兄妹抬出县衙，出了北门二三里，已到荒野地方，吴保、蒋桂还了轿钱，轿夫抬着空轿自去。这两个狗差，所以用着轿子将配犯抬出城门，就怕惹人耳目，叫熊耳山的贼党知道了，发生变故。这都由封寿椿出的主意。

吴保见前后左右黑压压的,悄没行人,便对蒋桂说道:"我们当差有好几十年,没看见有贼配坐着轿子出来的,要我们押解的人出轿钱。"

蒋桂说:"自然这轿钱要着落在贼配身上,偿我们二百两。"

小娥央告道:"我阿哥身边没有银子,我头上首饰也被官军捉拿时除去了,容日再还给两位吧!"

邢柱流泪道:"我身上棒疮溃发,痛得走不动了,两位要方便些,让我慢慢地走。"

蒋柱道:"这是咱们触霉头,偏遇到你们这两个穷鬼,不快走,一路到黑龙江去,要用多少银子?"说着,便抓着皮鞭子,向邢柱背后痛打一阵。

小娥又央告道:"请两位做个功德,念我兄长负屈含冤,有理难辩,两位要打,就请两位打我,两位越打他,他越不能走了。"

邢柱哽咽道:"便打死我,我也要在这地方歇歇才走。"

蒋桂又要打下,吴保道:"白费力,只榨不出一点儿油水,咱们真是晦气。看这小子也很可怜,前面有座树林,咱们就押他们到那里歇歇也好。"

两人将邢柱兄妹押到树林下，吴保道："咱们也要睡些时，且把这鸟男女带到林子里，也叫他们睡歇睡歇，这功德真算胜造七级浮屠。"

邢柱心想：哪里没有积德的人？就这解差吴保，也算公门中难得的了。

两人遂将邢柱兄妹带进林子。

小娥道："我兄妹背上都痛刺到心肝俱裂，请两位到那边去睡歇，我们绝不能逃跑的。"

吴保道："你这病恹恹瘦怯怯的样子，鞋尖足小，背上打了四十杖，又上了这样笨重的刑具，谅你绝对是逃不了。这厮是个练把式的，却比不得你。"

邢柱道："无论我身上棒疮痛得厉害，不能逃跑，逃跑的算是什么汉子？"

吴保喝道："住口！你在熊耳山，不是也想同你这妹子逃跑吗？"旋说旋从身边解下绳子，将邢柱在树干上绑了个结实，说，"这样就不怕你插翅飞去了。"

说着，向林外张望了一会儿，又转来向邢柱笑道："姓邢的，你听准了，你们死到临头，不能怨咱们在这地方了你的账。要知道'冤有头，债有主'，封大老爷给咱们一百两银子，咱们答应了他，但同你们毫无冤仇，不答应了他，惹得他做上官的翻过脸来，咱们吃这碗公事饭，绝逃不了他的毒手。便是咱们不做个爽快，你们一路到黑龙江去，也是个死，咱们今夜给你兄妹记周辰了。"

邢柱听到这里，一时泪下如雨，直似千把刀子剐碎了他的心肝一样。

吴保抽出一把雪亮的钢刀，要对准邢柱脑门砍下，邢柱哇地叫了一声。

忽然吴保收回刀子，你想是什么缘故？

原来蒋桂那个殃民贼，冷不防一手将小娥搂抱住了，不是小娥颈上有一只盘头枷，早已亲了个嘴儿，实行饱偿他的兽欲。小娥叫了声："苦呀！"

这"苦"字才叫出来，那边吴保已抽回了刀子，向蒋桂喝道："咱们若要开心，且把这匹瘦马的笼头去了，也方便些。"

邢柱睁眼见这情状，不由大声叫道："你们要结果咱们兄妹的性命，就结果咱们兄妹的性命！似这样禽兽行径，鬼蜮心肠，即令国家的王法不能怎样你们，天理也断乎不能容得！"

蒋桂听了，向吴保道："你先将那狗养的打发冤家离眼前，有的你开心时候。好兄弟，你让我占先一刻,我送你五十两银子。"

吴保听说送他五十两银子,便起身举着刀,向邢柱咽喉上搠去。

邢柱又大叫了一声:"好苦也!"

蒋桂听邢柱这声"好苦也"叫出来的时候,接着听着吴保哈哈大笑一声,有一阵风,又飕地响了过去。蒋桂料得吴保这个哈哈打出来,已结果邢柱了。便是小娥在这时候,睁一只眼,闭一只眼,哭着苍天,那声音非常惨痛,便是铁石人听了,也不由惨然心动。看蒋桂只顾来解他颈上盘头枷,也只得两眼紧闭,那泪泛在里面存留不得,潮水也似的从两眼角上流下来。

忽然听得蒋桂的声音叫了声:"哎呀!"睁眼看时,蒋桂已倒在一旁,两只肩膀都被砍掉了,面前来了两个人,一个是碎虎胆苗奎,一个是穿山甲花明。

当下苗奎用斧割断邢柱的绑绳,从死人身上取出锁匙,给他们兄妹开了镣铐,劈开两具盘头枷,便抱着小娥,放声痛哭。

这里花明扶着邢柱说道:"我这袖箭射中这厮的后心,在他一个哈哈笑出来的时候,已穿透他的心脏了。"

邢柱道："大家不是在梦中相会吗？"

小娥正同苗奎在那里痛哭，转喜得心头俱跳，说："阿哥也侥幸没有死吗？我也疑惑是在这地方做梦。"

于是由苗奎背着小娥，花明背着邢柱，不敢从大路奔跑，尽抄小路转回村寨。一路上各诉苦情，原来苗奎在那村寨中养好箭伤以后，山上的喽啰死的死、逃的逃，也没剩有一个。

这次苗奎因差村寨中人到庐县去打听，被捉的喽啰已经正了国法，也探出邢柱兄妹的消息。苗奎、花明商议一番，想到庐县翻劫牢狱，趁那厮们冷不防，好将邢柱劫救出来，不想路过这树林周近地方，猛可间听邢柱在林子里哭叫的声音。花明便到树林外放出一支袖箭，先结果了吴保。

苗奎闪进树林，只像黑旋风李逵一般，双斧一挥，又结果了蒋桂，就此保全小娥的性命、名节，救得邢柱出险。回归村寨，给他们两人且养着棒伤，这且慢讲。

再说那树林子里，在第二日早晨时间，有人发现了两个死尸，便去报知地保。地保听报，便到庐县首告。

封寿椿见了首告的状子，暗叫不妙，随即派员检验，是吴保、蒋桂两个死尸，一个被袖箭射穿了心，一个被斧砍掉两条膀臂。认这袖箭和斧伤，显见得是熊耳山漏网大盗苗奎、花明前来，杀了公差，劫去邢柱兄妹两个。一面调动兵捕，访获苗奎、花明、邢柱、小娥四名盗犯；一面把邢柱兄妹坐实是盗，却不怕邢家是缙绅苗裔，移文将邢炳拿到庐县吃官司。

亏得邢炳薄有几百亩田产，在封寿椿案下通了关节，上下使钱，直使得山穷水尽，方才由封寿椿举文弄墨，将邢炳开脱无罪，具保回籍。这也是邢炳想陷害邢柱，怕邢柱平分邢家田产，眼前的一个好报应。

但封寿椿因兵捕忙乱了一月，只捉不到苗奎、花明、邢柱、小娥归案，料想他们已逃到外省地方去了，也就不用劳神费心，撤回了兵捕，拿获几个小偷，捉羊抵鹿，给苗奎、花明四人销案。

封寿椿得了这场功绩，自然上峰褒奖有加，升迁的公文看要到庐县衙门了，城里的绅董军弁都准备置酒庆贺封大老爷升迁，岂知封大老爷就在夜间吃酒回衙，被强盗杀死在上房里，一个头砍成了两半个。当时没有惊动县衙中人，事后发觉了，看上房里粉壁墙上画着两柄斧头，旁边写一个"苗"字。但是这案件没有破获，总是衙门中人的晦气，这也不在话下。

诸君想这案可是苗奎做的，不是他还有哪个？

苗奎暗杀封寿椿以后，邢柱兄妹身上的枪棒疮已经治好，两人脑袋上铃过字的，都贴上了膏药。苗奎看那村寨中很僻静，轻易没有行人踪迹，便同花明暂时晦养，等待官里的风声略平静些，再图恢复的计算。

邢柱看苗奎、花明这种做强盗的心术很是不靠，但他要到江苏地方访问窳生道士，准备给他父亲鲁通、师父苇渡老和尚报仇，便同小娥商量，小娥告诉苗奎、花明。

苗奎道："大舅不曾惯走江湖，又有大案在身，要到江苏是去不得，向后同咱们团结一处，待他对于江湖上的门槛有点儿经验，方才能放他去。刻下他算个新出巢的雏儿，江苏那地方去不得。"

花明道："江湖上经验，是闯出来的，谁生来便懂得江湖规矩？一个人不担受几次江湖上的风险，不能惯走江湖，这就叫经一重波浪，长一分经验。邢少爷运气转好，就是奔走江湖，不见得就有意外大祸；若是他运气坏了，就老远躲在这地方，不见得就无灾无难，没有什么风险。"

苗奎听花明这样说，邢柱又不肯片刻停留，只得勉强放他前去。临行的时候，邢柱也藏了一把大刀。苗奎、花明各送他十根蒜条金，嘱咐他走江湖人应当注意的门槛。小娥也叮咛邢柱一番，方才告别。

且说邢柱出了村寨，一路上逢山过巅，遇水登舟，也跑过不少的码头，不曾遇有江湖上靠山吃山、靠水吃水的朋友转他的念头。

这日正是六月中旬，赤日炎炎，悄没半点儿风势。邢柱刚行过商丘县城，走了二三十里的路，浑身的热汗同雨点儿一般，便走到一处小小的村集，准备寻一家茶铺，买壶茶吃，好凉歇一会儿再走。心里这么想，已走到一家茶铺门首，看门内一把睡椅子上睡着一个胖子，上身是赤膊着，拿着芭蕉扇子，扇个不住，口里还嚷说着："好热的天气，准是要下雷暴雨的。"

邢柱向这胖子一打量，便举步走入铺门。里面有四五张台子，已坐满了三张，邢柱便在东边一张台子上坐定，茶博士早献上茶来。

那胖子却看邢柱一表非俗，料知他是个有大来历的人，便走过来请邢柱把上衣脱下。邢柱也因热得很，便放下肩上的包袱，脱卸上衣。胖子看他包袱里东西很有点儿分量，便亲自过来，向邢柱倒茶，叫两个茶博士各拿一把芭蕉扇子，在他们背后扇着。

邢柱暗想：这胖子行径虽然可疑，但在青天白日之下，茶杯里的蒙汗药是不会有的。一面吃着茶，一面同那胖子攀谈。邢柱托名柳柱。那胖子说是姓牛，唤作牛二铁锤，向日在外卖解为生，回家以来，独自在这里开着茶社，生意也很清淡。承众朋友不弃，鱼帮鱼，水帮水，凡是知道他的，都赶来向他店里吃一杯茶，因此也结识江湖上许多好汉。

正说到这里，忽然天空中一声巨响，接着便见有一道白光在门外一闪。

欲知后事如何，且俟第六回再续。

第六回

良宵宿黑店侠盗争雄
窄路遇冤家英雄遘险

话说邢柱听是天空间响着雷声，电光一闪，那半天黑魆魆的云头直卷上来，只落了两三点雨，便卷起一阵风来。

邢柱觉得身上有些薄薄的寒意，早令茶博士不用扇着芭蕉扇子，便从容穿好上衣，看牛二铁锤这种人不能同他多谈着江湖上那些门面话，便背着包袱，还着茶资，现出要告辞的样子。

牛二铁锤便将他一把拉住，说道："你要到哪里去？"

邢柱道："兄弟没有一定的方向，要到哪里去，便到哪里去。"

牛二铁锤道："柳阿哥要知道，咱们这些地方，一班走江湖闯光蛋的，贤愚不等，阿哥要小心些。不是咱对你说句明白透亮的话，阿哥这样行径，便是遭人暗算的幌子。阿哥要向哪里去，只管在日间行走，一到夜间，一步也行不得。最好咱送你一百里路，你走过一百里，便没有大乱出了。"

邢柱听了，暗忖：这东西敢是要转我包袱里的念头了，说谎话吓我，我偏不上他的当。心里这么想，口里却含笑回道："各走各的路，你不要吓我，我没有招人谋害的幌子，断不敢烦劳大驾。阿哥如有缓急，不妨和兄弟说明，大家都承认是个好朋好友，兄弟也绝不敢稍存吝惜。"

牛二铁锤听了，笑道："阿哥认咱为缓急需钱使用，要和阿哥同行，想转阿哥念头的，就未免把牛二铁锤看轻了。阿哥的好意，我也不敢领情，各走各的路，咱们再会吧！"

邢柱不觉面生疑虑，辞别牛二铁锤，挎了大刀，匆匆走出这座村集，赶了十来里路，在一家面店里打过尖。

此时风吹云散，那一轮红日已是衔山而没。邢柱想起牛二铁锤咱们再会的话，毕竟还怕他是不怀好意，要追踩前来，转自家的念头。他说夜间一步也行不得，骗我在近处地方宿歇了，让他有这工夫追踪前来，在黑夜间下我的手。我是个聪明人，现在已识透江湖上的许多门槛，我如何能上他的圈套？看天空月色如画，凉风习习，吹人如醉，日间赶路，又不若夜间凉快。划算已定，只顾向前赶去。

约赶了四五十里，心里方才宁帖些，便奔赴一个村镇。这镇名唤落马镇，虽是个小小镇市，疏疏落落，很有不少的人家。邢柱到了落马镇，已有半夜光景，各家店铺都已关门打烊，却有一家客店门前高悬着一盏灯笼，在烛光下细看墙上，粘着一块大红纸，上写"邱家客寓"四个字。那灯笼里的蜡烛光焰闪烁，势将就灭。

邢柱敲开店门，说是来寻宿头的。茶房将他打量一番，便将他带到一处房间里，送上几盘菜、一壶酒。邢柱把鼻子放在酒菜上闻了闻，料想里面没有下着蒙汗药，便放开胆量，在那里自斟自饮。酒饭已毕，茶房收去杯盘，随手将房门带关上了。邢柱放下包袱，把那里面十九根蒜条金用小包包起，揣在兜肚里，仍将包袱打好。

正要上床睡歇，忽听轰雷也似的价响，有个人在房外直嚷起来,说:"咱老子既非强盗,又不是歹人,住店给钱,一文不少,怎样你说店里的房铺满了,不容咱老子在这里歇宿?你仔细些,若再推三阻四,把咱老子当门外汉,看咱老子一锤打毁了这个鸟店。"

邢柱从窗缝里偷向这人望了望,忙握刀以待。

原来不是别人,正是茶铺里胖子牛二铁锤。看他手里拎着一只重约一百斤的大锤,声势非常厉害。

远远站立一个茶房,也向牛二铁锤喝道:"你这野牛,也不打听打听这店是谁人开设的,容你在这里放肆。"

牛二铁锤早把他手中的家伙直竖起来,喝着喉咙骂道:"难道你这店是天王爷爷开的?你再对咱姓牛的支吾,这一锤要打你个肉酱。"

茶房哪敢再说下去。

其时早走出骨病鬼模样的人来,手里拿了根铁杖,旋走旋骂喝到牛二铁锤面前,说:"哎呀!这不是牛家集牛阿哥吗?你来得好,我正在想你,只怪这些驴子骨头,转无缘无故地同牛阿哥嚷骂起来,这叫作不知者不罪。"

牛二铁锤也笑道:"原来这店是邱阿哥开的。阿哥在此事业很大,咱到阿哥这里住夜,叵耐这厮不认识咱,转同他一般见识,阿哥休笑做兄弟的鲁莽。"

那瘦子便向那茶房笑骂道:"你这王八羔子,真是聋了耳朵瞎了眼,你看牛二爷这个家伙,还要在他老人家跟前无礼,这分明拿着卵蛋去碰石块。"

茶房只顾赔笑不迭。那瘦子便将牛二铁锤拉到对面一间房里谈心。

邢柱看这势头不妙,但心中并不害怕,握着单刀,把房里的灯光吹熄了。好大一会儿工夫,忽听牛二铁锤的声音,直着喉咙又嚷叫起来,说:"邱豹,你若要将这炷财香同我一上一、二上二地对面摊分,你就骂咱混账。这姓柳的是咱的好友,你是识事的,就得将这种念头收拾起来;若还同咱支吾半句,咱姓牛的认得你是朋友,怕手中这个家伙认不得。"

这当儿,似乎听有人在桌角上拍了一巴掌,嚷骂道:"你这牯牛,也吃着江湖饭,一点儿不懂得江湖上的脚步。这个东西,并不是你们牛家集的角色,他是你什么朋友?是好汉,不断人家的财路,咱同你好言相商,总算承认你是朋友。叵耐你不识抬举,此地是落马镇,并不是牛家集,你要使威风,只管到你牛家集使去,若出了牛家集,到咱们落马镇来,咱是主,你是客,看咱有这吃虎的胆,敢斗一斗你这个强龙！别人怕你这家伙，咱老子不怕的，避你的须不是好汉。"

接着听得乒乒乓乓的，好像厮杀起来。

邢柱到这时候，才想牛二铁锤真是个好朋友，这里是个黑店，看他们都好似以性命相扑的样子，自家更不能袖手了。转然间心生一计，便推开窗槅，一个乌鸦展翅，早穿了出来。手里握着单刀，看邱豹也拨着铁杖，同牛二铁锤在天井间鏖战得厉害。店里的客人多有披着衣服，向前后门逃跑的。

邢柱便说道："店主东是有缓急，要我这包袱里金子使用，我不若丢下包袱，借此结识你这个朋友。两虎相斗，终有一伤，我劝双方丢开了手，不要伤了你们自家人的和气。"说着，便抽身走了。

堂倌见他身边没带包袱，且让他自去。无如一个胖子、一个瘦子在天井间杀得十分吃紧，像邢柱对他们所说的话，邱豹拢共没有一句听得明白。牛二铁锤却只糊糊涂涂地听了几句，不由精神陡长，迎面一锤，向邱豹打来。这锤法名为送虎归巢，是锤法中的杀手毒招，邱豹是内行，见了将身一蹲，蹿到他的身后避过去，不等他转身，一个鹞子钻天架势，双足一蹬，全身凌空，双手抡着铁杖，向牛二铁锤按头打下。牛二铁锤身体肥胖，不及邱二来得轻捷，却防备他要有这一招。邱豹这杖法名叫雷针劈木，也是杖法中的杀手毒招。说时迟，那时快，牛二铁锤不能闪身避他这一杖，急掣回铁锤，上面的杖已离顶梁不远，要真落下来，便用一个雪花盖顶的锤法，举锤向上迎扛，叮当一声响，铁杖向铁锤只一碰。

两人重打照面，牛二铁锤早知不能取胜，便卖个破绽出门去了。

邱豹哪里肯舍，再要赶去，那个堂倌忙止道："我们已得了手了。"

邱豹听说得了手，问："那个陕西人是走了吗？"

堂倌回说："已走了，包袱留在房里。"

邱豹又问道："他出门时，还是向东边走，还是向西边走？"

堂倌道："那陕西姓柳的是向西边走，胖牛向东边走了。"

邱豹且不追赶，便到邢柱住的房里，提着包袱一试，不觉沉重，解开一看，里面只是些换身衣服，不但没有金器，连一钱银子也没有。

牛二铁锤也不及回庄，向东行了不远，便折转身，一路向西追来，且不去讲他。

话说邢柱那时出了店门，向西走过一个弯，便向西南逃去。约跑有三四里路，忽听背后有人大叫道："喏喏，那不是柳阿哥吗？停一步好谈话。"

邢柱只得停了脚步，看是牛二铁锤追踪前来，便坐在一棵榆树下，向牛二铁锤问道："阿哥同我面不相识，怎么想存心救我？"

牛二铁锤道："咱看你英风飒飒，面部上没有半点儿邪相，你那包袱摆在桌上，小心慎重，就知你身边带着很贵重的东西。这商丘地方，只有邱豹同咱牛二铁锤在江湖上有点儿场面。做这种没本钱的买卖，咱也不是外行，只是看那人的来历不正，方肯下手剽劫；如果是好汉，身边藏着贵重的东西，咱不但不要拦劫，反行妥为保护，这是咱们江湖上好汉爱惜好汉的一种义气。你若早听咱的劝告，容咱伴你同行，也不在那地方丢去包袱了。"

邢柱道："难得牛阿哥如此义气，实不瞒阿哥，包袱我已丢了，十九根蒜条金却揣在我的兜肚子里。"

牛二铁锤道："这就好极了，但你金子越没有丢去，你这性命越怕保全不住。想邱豹那厮，绝对不肯甘休，要率众追袭前来。难得我寻着你，只得保护你出河南地界。"

邢柱道："真人面前用不着烧假香，我这点点武艺，实在看不是那厮的对手，丢去金子事小，送却性命事大。阿哥能保险送我出河南地界，成全我这性命，这十九根蒜条金就送给阿哥，我身边有零碎银子使用，不愁做他乡饿殍。"说罢，便将手向兜肚里一插，要将那十九根蒜条金取出来。

牛二铁锤勃然变色道："这哪是好朋友讲的话，把咱的耳朵都听得龌龊了！你若再提到这些金子石头，咱手中的锤就将你打个粉碎。"

邢柱不觉面上惭愧，说："兄弟妄以小人之心度君子之腹，总望阿哥海涵。"

牛二铁锤急道："不用说，咱们快走吧！"

两人又跑了四五里路，前面是一座破庙。

忽然听得后面喊声："上！上！上！"

牛二铁锤回头望了望，说道："邱豹已领着狐群狗党，吆五喝六地赶来了。你快到破庙去躲着，咱拼却一身剐，也要保全你的性命。"

邢柱哪里肯依，牛二铁锤急道："你要帮助咱拼杀一阵，反使咱动手有了干碍。是朋友，就得向破庙里躲一躲……"

话犹未毕，邱豹一班人看已追赶到他们两个跟前了。牛二铁锤便转身迎敌。邢柱也泼着大刀，同牛二铁锤冲杀迎来。迎面遇见邱豹，两下战不三合，就被邱豹轻舒猿臂，将他生擒过来，交给一个徒弟绑了。

牛二铁锤见邢柱被擒，一时心急如火，便准备蹿到邱豹那徒弟面前，夺取邢柱。却被邱豹截住了，一条杖，一只锤，真是怪蟒翻腾，游龙出没，杀得好不厉害。

论牛二铁锤的能耐，和邱豹捉对儿厮杀，未尝不是他的对手，无如邱豹手下的党羽，怕邱豹有失，一声呼哨，大家拥上前来，各挺着手中的兵器，向牛二铁锤乱刺乱击。任你牛二铁锤有冲天的本领，怎挡邱豹这边人多势大，四面受敌，眼前又得不到个好帮手，早已慌急起来，却被邱豹迎面一杖，打倒地下。众贼党又一齐上前，将他的尸级霎时踏成肉酱。

邢柱看牛二铁锤死得凄惨，反把自家生死祸福遗忘了，总觉爱莫能助，除了辛酸流泪之外，没有旁的话说。

当下邱豹打了个胜仗，亲自在邢柱身边抄下一把刀，取出一包蒜条金，便吩咐手下贼党，带着邢柱回归落马镇去，已是五鼓时间了。

喽啰把邢柱押到邱豹的房里，邱豹便向他问道：

"你同牛二铁锤是老朋友吗?"

邢柱道:"在日间才会过他的。"

邱豹道:"咱老子也明白你不是他的老朋友,这东西实在太可恶了,屡次要咱看他的面子,不知打断咱这汛地多少的财香。这次咱要将你身边的东西同他摊分,偏是这囚攮太不识相,要在老虎头上打苍蝇,一般也有今日收场结局。咱看你也是一条把式汉子,若肯入咱们落马帮,咱很愿意收你这一路的香火;倘对咱吐说一个'不'字,咱手里这条铁杖,立刻将你打个粉身碎骨。"

邢柱道:"我就是降你,也没有真心降你,你多我一个徒弟,实不啻添加一个劲敌。我看江湖上称得起热血汉子的,牛阿哥要算个大拇指。牛阿哥因救我而死,我生不能食汝之肉,死后当为雄鬼,噬你的魂灵。"

邱豹听了大怒道:"好个拗性的骡子,咱倒瞧不起你。也罢,咱此刻看你是没有真心承受咱一路的香火,倒被你提醒了,像你这种骡子,若一杖打你个魂儿祭炼咱的子午阴阳剑,免得你死后要做雄鬼,追取他的魂灵。"

左右答应了一声,有人立刻将邢柱押到后院。那后院里有一只大金鱼缸，搬开金鱼缸，里面便是个隧道。他们下了隧道，上面自有人将金鱼缸仍放在原处地方。

那隧道间隐隐也有灯光，前面是个小小屋子，这灯光似从屋里发出来。几个贼党将邢柱押入屋中，随手将屋门带关起来。

邢柱听见屋里有人啜泣，灯光下向那人看得明白，说："你怎么也陷落这里？"

欲知后事如何，且俟第七回再续。

第七回

中诡谋侠盗避凶灾
入憨局赌徒遭毒手

话说邢柱听得屋里有人啜泣，是个女子的声音，这声音听来很熟，直刺到邢柱的心坎里。在暗暗灯光之下细看，女子被捆伏在墙隅间，单就她身材和衣履看来，邢柱早已估定八九分了，禁不住心酸肉痛说："你怎么也陷落在这里呢？"

那女子听邢柱这声叫出口，欲起身看邢柱时，只是身上捆了几道绑绳，如何还能起身呢？勉强扭过脸来，把眼睛向那柱闪了闪，说："阿哥，我好苦也，你是怎样被强盗捆来的？"

两人相隔有三尺远近，说话都听得很清晰，大家各诉苦情。原来那女子正是邢柱的胞妹。

且慢,我今单说小娥。鲁小娥前五日时间,在那村寨子里听苗奎说寨中来了一个游方的道士,生得肥头硕脑,穿一件杏黄道袍,那道士自言道号唤作散脚道人,最精通麻衣相法,并能未卜先知,过去的事,都说得明知镜见,未来的事,料想也没有差错。照他的相法和理智上推测休咎,判断吉凶说:"苗奎、花明两个,将来贵不可言,不过在百日以内,出生入死,难免一场奇祸,须到北方去避一避凶星,才保得没有意外的危险。"

苗奎听散脚道人的话,神乎其神,欲款留他吃饭,散脚道人哪里肯留,竟自告辞去了。

苗奎便来对小娥说明,叫小娥权且在这村寨栖着身子,他同花明即日改装到北方去游行,百日后当复回村寨。小娥素来迷信的观念甚深,又听邢柱暗暗告诉她,说有个瘪生道士,本领、道法都好得了不得,安见这散脚道人不是瘪生道士那一流的人物?好在村寨里有她丈夫同花明几个朋友,他们义气为重,都及得梁山泊上李大哥李逵、武二郎武松,虽然丈夫同花明去了,这地方却栖身得住,不怕有人前来懊恼,只得让苗奎带着花明到北方游行去。

这村寨叫作十虎村,地方甚是幽险,系在一处山岩中间。村上有十条好汉，为首的两条好汉，一个年纪只在二十二三，生得丰神潇洒，善使一柄方天画戟，唤作玉面虎吕宁；一个年纪比吕宁只小得一二岁，生得隆眉高目，面皮像涂上一层猪血相似，善使一把青龙大刀，唤作赤面虎张义。还有矮脚虎沈刚、白额虎毛霸、秃爪虎熊超、过山虎左雄、狗头虎郭方、扑天虎朱旺、金毛虎史定国、披发虎胡平，共是十虎村的十筹好汉。

这十筹好汉，终日在外省、外府、外县的地方踩盘子，探实了有够得上手的财帛，夜间就去抢劫。不过他们一般也做强盗，却自诩为清帮的强盗。清帮的强盗，本领都比浑帮强盗好得多，就是举动，也比较来得光明磊落，同是抢劫人家的财货，清帮强盗有许多禁例，不是浑帮强盗见钱眼红。普通良善的人家用心力挣来许多的金钱，不问他如何富有，他们清帮的强盗连瞧也不去瞧；规规矩矩的商人拿出血本，经营十一之利，便一年能赚得三五万两，他们清帮的强盗也不去抢劫的。有时踩盘子走错了眼，误会劫取正当人家的钱财，事后知道案子做错了，暗暗仍将财物送还了人家。财物随手劫来，一半是随手花去，却是用在济急贫穷人和结识江湖上有肝胆、有血气的好汉上面。

他们做强盗的，有这几种难能可贵的地方，江湖上人都说他们是绿林的侠盗。

在先，苗奎、花明因十虎村的十筹好汉算是同道的朋友，脾气上很合拢得来，所以在官兵剿破熊耳山的时候，苗奎、花明便投到这十虎村来，等待苗奎的箭伤治好，将邢柱兄妹劫回。

那时吕宁等十筹好汉，领着几个同事的兄弟们，到外省地方去，村寨里只留下狗头虎郭方、扑天虎朱旺，这两筹好汉，领着几个小朋友，看守在本营。

及至邢柱从十虎村动身时候，恰巧郭方、朱旺被外县几个朋友请去吃酒，回来听邢柱已动身两天了，郭方和朱旺都埋怨苗奎、花明，不该每人送他十根蒜条金，要使他担受江湖上许多的风险，并且邢柱面上钤着字，虽贴着膏药，一路上还怕露了公人的耳目。便对苗奎、花明说明，要即日动身向金陵道上走去，追踩邢柱的踪迹，在暗中妥为保护。

苗奎、花明被他两人提醒了，料想有他们两人追踩邢柱，在暗中保护，总该没有大乱子出，只得放着他们前去。

恰在郭方、朱旺动身两日，玉面虎吕宁、赤面虎张义已领得矮脚虎沈刚、白额虎毛霸、秃爪虎熊超、过山虎左雄、金毛虎史定国、披发虎胡平，从外省做了好几桩大案，很捞摸一点儿油水，得了手便回到十虎村来。不见了狗头虎郭方、扑天虎朱旺，问及苗奎、花明，才知这两个弟兄已追踪邢柱去了。吕宁、张义一想不好，邢柱要到江苏寻什么瘠生道士学习道法，一路的地方，不说别处，就只落马镇，也不易过去。狗头虎郭方、扑天虎朱旺这两个本领有限，又会遇事生非，如何能在暗中保护得邢柱没有风险？遂又派着秃爪虎熊超、过山虎左雄、金毛虎史定国、披发虎胡平，一路追踪前去，这且搁住不讲。

再说那个散脚道人本是个骗子，就是在《小侠诛仇记》中，骗去柳星胆的黄金，把方光燮骗到玉龙寺的那个道士，他自从玉龙寺回到江湖原籍，同他的妻子（即唯静之妹）过着很写意的日月。他在外省地方很骗了些金钱，放在箱子里，是不怕强盗抢劫去的。

这一日，他的妻子因他早间出门，替自家买首饰去，直到日落时方才回来，把首饰交给了他的妻子说道："我这几年真走运了，不但在外省地方随处骗到金钱使用，便是今天也发了一炷财香。上午我在银楼买完了首饰，从赵二烟枪门口经过，被他再三邀入去，说有几个赌友在里面推牌九。我下了半天的牌九，就赢了一百两，这一百两银子是什么做的？若要换成铜钱，不要摆满了一间房子，我不是走运吗？"

他妻子只笑得眉开眼笑，说："一个人走了运，随处皆弄到钱用了。"

第二日，道士又到街上去，只见赵二烟枪拖着满面的眼泪鼻涕向道士笑道："我正要寻你，不想你来了。"说着，将道士拉到僻巷处说道，"今天吴大娘私窝子里，到了一个肥鹅，姓秦，是浙江温州人氏，他的父亲做过几任提学使，他时常到南京各处码头玩耍，和吴大娘女儿芙蓉有点儿首尾，跟着十来个家将，都穿的绫罗绸缎。他喜欢推牌九，一场要赌二三千两银子。吴大娘差人到我家里，说已请了有名的朱百万和卫公子，每人也都带了二三千两的银票，只是三缺一，这一个阔人，再也寻不着。因我这里吃大路饭的朋友很多，准许我十包鸦片烟土，请我寻一角凑成台面，必须要有二千两，少了他们不赌。想你在外面很捞了一笔外快，莫说二千两，就是二万两也拿得出的，你的运气又好，若要想赢他们，非你去不可，别人也没这能手，能配得上这样大的台盘。"

道士道："你太恭维我了，我在外面东飘西荡，只赚了三四千两,你我是自己人,不说客气,这场大赌,我是赢得起,输不起的。好在我的运气好起来了,不妨去帮帮吴大娘的场面。"说罢,便回家向他妻子说明。

他妻子劝道:"带一百两就好了,用得着二千两?"

道士笑道:"你把那话夹稳了,你看我的手运很好,这二千两是个样子,只一场大赌,还怕他们腰包里银票不白送到我家里来吗?"

说毕,便取价值纹银二千两的黄金,悄悄溜到吴大娘私窝子来。看赵二烟枪早在那里,给他向秦公子、朱百万及卫公子介绍了,于是大家各交出二千两,给头家吴大娘收存,言明下注不拘数目,每一个筹码,算五两银子。赵二烟枪看着抽头,芙蓉坐在秦公子的怀里,给他管理筹码,先由秦公子取一千两筹码做庄家,便推起牌九来。

道士看自己手风太顺,一上场就赢了秦公子六七百两筹码。过了两杯茶时候,却渐渐把六七百两筹码都输去。道士恨不得把秦公子面前的筹码一把都赢过来。谁知道士抓着一把地九,秦公子就捞着一把天九,秦公子抓着一个长二,配上一个长三,道士就捞着一只屏门，配上一只梅花，把芙蓉的肚肠子都笑得疼起来，把赵二烟枪那个鸟嘴都急得尖起来。秦公子越赢胆越壮，道士越输气越馁，顷刻间，将二千两筹码输了个干净。

道士向秦公子道："你借二千两与我玩玩何如？"

秦公子道："只要朱先生作保，我就借你二千两。"

吴二娘在旁说道："不妨不妨，他输了多少，只要公子爷同我讨去，就借一万两他拿得出。"

秦公子笑道："既这样说，还用得着朱先生作保？他输多少，我就向他讨去。"说着，便叫芙蓉数了二千两筹码，交与道士，由道士做庄家，四个人又赌起来。

鬼混了片刻，道士这里的筹码都跑到秦公子那里去了，又输给朱百万一百多两、卫公子二十两，直输得道士汗流浃背，面上红一阵白一阵的，大家方才住手。

道士还要再赌，朱百万道："不能不能，这赌钱的事，不是当耍子的，我同卫公子这一百多两银子都不要算还了，好在我们今天没有输，一二百两，在我们不算什么大不了。"

秦公子道:"你住在哪里?我带着家人,同你去取银子。"

道士看秦公子神气厉害,又见他随身的仆从如狼似虎,不是容易好惹的,家里的金银拢凑起来,也只有一千九百多两,只急得像死猪一样,向秦公子赔笑道:"明天清早,让我送到这地方如何?"

秦公子道:"也好,你要加上二千两利息。"

朱百万同卫公子说道:"这位秦公子,性子急些,输人家多少,要还人家多少,你还不起,我们也能替你赔垫一二百两。"

道士道:"就到官里去,赌输人家的银子,到明天一早送还人家,不算犯法。"

赵二烟枪在旁说道:"你要明白些,你同他们公子少爷不是讲说官事话,赖去银子的。"

道士道:"秦公子要取,就请朱先生去取好了。"

秦公子早看出他的意思,说:"你那住处,又不是天宫御院,难道我去不得吗?"

道士无奈。这里秦公子带领十来个仆从,逼着道士到他家中,在客座间坐着。

道士叹了口气,回到卧房,他妻子看了问道:"你这是什么晦气样子?二千两都输了吗?你的运气也不灵了，人家腰包里银票也没有白送到你家里了，看你装魔作怪，欺心昧良地骗了这点儿积蓄，要在赌场上输去，输得我好心疼也。"

道士道："怪我怪我，这箱子里金银都好好飞到人家箱子里去了。"

他妻子哭道："难道二千两还没输够吗？"

道士道："还有二千两未给人家呢！"

他妻子只气得号啕痛哭起来。道士也不顾她号哭，便在箱子里取出价值一千八百两银子的黄金，刚要出来，即听秦公子在客座嚷骂起来说："再没银子拿出，就将这东西拖出去砍了吧！"

道士连忙跑来，向秦公子举手道："这里是一千八百两，还有二百两，实在拿不出。便将散碎的银子，连首饰都凑足了，也凑不足一百五十两。求公子爷做做好事，放下这二百两的来生债吧！"

秦公子看了看金子，估计分量也值得一千八百两银子，遂叫仆人收过，说："这二百两也有限的，我们算了吧！"说着，便领着仆从去了。

道士心里仿佛割了几刀的一样，总想这三千八百两，以后要在朱百万身上诈取得来。正要回房安慰他的妻子，听房里的哭声倒停止了，心里好生诧异，忙跑进房来看时，便叫了声："哎哟！"原来他妻子已取了一根绳带，放在屋梁上，将头向里面一伸，已是眼直舌张地自缢死了。

道士一肚子的气苦，满心肝的凄凉，只没处发泄出，便到县里告下一状，说朱百万率领大盗，劫取他的三千八百两银子，惹他妻子自尽死了。

县官一面去验明尸身，一面出票拘朱百万到案，讯明口供，才知道这其间的实情。将道士、朱百万一并收禁，着爷们去招呼卫公子，暂避一避风头，再出票拘捕秦公子时，不但秦公子已去得毫无踪迹，连吴大娘全家，都不知搬到哪里去了。

行文到浙江温州询问，并无秦家世族前人做过提学使的。县官在朱百万身上倒诈了三万两银子，又拘到赵二烟枪，因他是地方上第一窝赖的巨棍，图起红黑眼来游街示众，把道士打了五十个板子，薄惩了一番。却叫朱百万暗地拿出三千八百两来，赔给道士，这一场大案，也就糊涂了结。

道士回家安葬了妻子，这夜恰见秦公子带人前来，又将他这三千八百两抢劫去了。道士方才想到这秦公子是江洋大盗，化名秦公子的，赔了夫人又折兵，只认作自己晦气，从此东奔西走，又做那骗劫的生涯。

　　这日，道士刚到河南、江苏分界中间，走到一处不甚高大的山上，东家化，西家骗，疯疯傻傻，在山间走来走去，不防迎面看见有个人，从斜刺里走到前来，年少貌美，衣服却甚朴素。

　　道士认出他是秦公子，便向前将他一把拉住说道："好！恁地里只寻你不着，原来你是在这里。"

　　说罢，便向他拜个不住，倒把秦公子拜得不知所措。

　　欲知后事如何，且俟第八回再续。

第八回

逆天伦恶道诛师
听奸言英雄出走

话说秦公子拉起道士笑道："前次亏我二百两，我已讲明不要了，用不着对我行这样大礼，快起来谈话。"

道士道："小道看师父的能耐，同我内兄是一样人物。过去的事，现今是过去了，小道不用说明，谅师父总还心心相印。今天我好容易寻着师父，望师父成全我，便是我的重生父母。"

秦公子道："你内兄是谁？要我怎样成全你？你怎不寻你内兄成全你呢？"

道士道："我那内兄便是湖南玉龙寺的唯静和尚。我的妻子自缢死了，我怎敢到玉龙寺去见我内兄，请他成全我呢？小道要请师父成全我，就是愿拜入师父的门墙，传授一些本领。"

秦公子道："奇怪，你过了半辈子，到处骗化到钱用，要学本领干什么呢？"

道士道："小道东飘西荡，虽不愁没有钱用，但没有本领，所以辛苦骗来三四千两，才一股脑儿被师父抢劫去了。小道固然知道悖入悖出的道理，不正当的钱财是不易享受的，但若有师父那样的本领，又何致有今日？"

秦公子道："你要学本领，我却不许你用这本领再去骗人钱用。在你的意思，以为我是一个见钱眼开的江洋大盗吗？果然我是这样，朱百万的家资可也不小，我不去转朱百万的念头，两次取你三千八百两，就因你这三千八百两，其中都是不义之财，便完全取来使用，也不为过分。我看你既觉悟悖入悖出的道理，我很愿意传授你的本领，不过你得依从我的戒律，我多收你一个徒弟，却叫世界上减少一匹害群之马。"

道士道："师父的戒律是甚样的戒律呢？"

秦公子道："这时你尽可随我去学习法力，不是传戒律的时候。但你要对天发誓，盟誓要盟本身誓，不得推诿到来生去，以后你学成了法力，不能胡乱为非作歹。晚间我便传授你的法力。"

道士直跪下来，高声说道："小道以后学习法力，再行去为非作歹，便天诛地灭，死无葬身之所。"

秦公子见道士是赌的本身誓，又很厉害，便将道士带到一所山洞以内。道士看那洞里别有天地，吴大娘同芙蓉都在那里，唯有那十来个虎狼似的仆从，不知到哪里去了。

秦公子从今夜便传给道士的法力。道士渐知这秦公子实系姓秦，名伯偕，是三元教的信徒，同茅山瘠生道长是同门的师兄弟。那十来个如狼似虎的健仆，都是秦公子使的剪纸为人的一种幻术。

这道士的资质很好，从秦伯偕学习了四个月的法力，三元教中初级的法力都传给道士了。

这日，秦伯偕看道士初级的法力已成，便将他带到一座神龛面前，叫他跪下说道："祖师曾传我的戒律，我此刻仍将这戒律传给你，你初级的法力成功，正是传给你戒律的时候。你要仔细，违反了戒律，凡是三元教同门中人，不拘年龄大小，不拘班辈高低，哪怕师父犯了戒律，还得受徒弟的惩治，丝毫不得通融。"

旋说旋高声念着第一戒妄杀，第二戒妄淫，第三戒妄盗，接着念第四、第五戒什么，第六、第七戒什么，第八、第九、第十戒什么。秦伯偕念一戒，道士便答应一句。秦伯偕把十戒念完，遂从怀里取出一道文书，令道士在那文书上签了押，就神龛焚化了，转给道士换了个法号，唤作净光。

道士起身便向伯偕问道："师父一般受过祖师的戒律，受了戒怎么不遵守呢？"

伯偕笑道："你以为我涉足花丛，是犯了三元教第二戒吗？我坐对丽人，直视之为香花道伴，原不作温柔乡观耳，寝处三年以来，若有情，若无情，此系道法中人真面目，你焉能窥伺我？"

道士听他这派大言欺人的话，表面上却装作心领神会起来，从此循规蹈矩，不但对于秦伯偕能尽师徒之谊，便是待人接物，从没有丝毫违背教规戒律的举动。

秦伯偕看道士的性格都变好了，自以为多纠正一个匪人，总该减轻自己淫律上一分罪过。

不料这一夜，秦伯偕在洞中同芙蓉睡了，道士便暗暗地想道："秦伯偕两次取了我三千八百两的银子，惹我妻子自缢死了，我要报复他，正用得着这种手段。难得他是进了我的圈套，这正是我报仇的时候。我身边的熏香，不知费了我多少药料，用了多少心思，才炼成这样厉害无比的好东西，比我当初所用的熏香不同了。于今到了我报仇的时候，说不得，我要取出这东西用一回。"

想到这里，便用棉花先塞了自己的鼻孔，经过几间门户，到一处房外，取出熏香来，划火点着，从门斗隙中塞进房去，发出一种咻咻的细响。等待手中的熏香烧完了，才将房门撬开，把几上的灯光剔亮了些，撩开帐门，看秦伯偕搂着玉芙蓉的肩背，两人好梦正浓，睡得同死人一样，遂冷冷向伯偕点了点头，笑道："是你自己瞎了眼，迷住了心窍。你也不想想，我的年纪比你大，岂肯拜你这黄口孺子为师？我要随你学法力，就是想报复我心中的怨毒。难得你引贼入垣，中了我这巧计。你说祖师的戒律丝毫不许通融，你和意中人双飞双宿，先奸后占，你犯了祖师第二戒，却对我强词夺理，说了那些掩耳盗铃的话，无论你们三元教的戒律是放的几个屁，即令戒律是一件很宝贵的东西，你犯了戒律，我也有权来惩治你。若不将你杀掉，也对不起我老妻的冤魂。"

旋说旋从身边取出戒刀，含在口里，把伯偕、芙蓉两人的身体搬拆开来。中了熏香的人，和死了的只多一口气，休说将他们的身体搬移了所在，就是用油煎火灼，至此也不会醒来的。

　　道士这时便握刀在手，直从秦伯偕胸膛刺入，一抽刀，鲜血便直喷上来，溅在帐顶上，滴答作响。便将他的尸骸拖到洞外掩埋，说："姓秦的，我送你入土，你今夜若死得心不甘，尽管到阎罗殿前告我。你要知那时不取我的银子，我也不预备享受你的财物，你不惹我老妻自缢死了，我也绝不杀你，我有老妻，也不去沾染你的爱人。你在泉下睁一只眼，闭一只眼，看我同你的爱人消受好梦吧！"

　　掩埋了伯偕尸骸以后，重转到自己的房里，取了被褥，到芙蓉房里换过了。看芙蓉肌理莹彻，眉目如画，那种美睡甜酣的神情，最使他看了惊心动魄，便跨上床来，实行饱偿他的兽欲，觉得芙蓉还是个红花处女，心中不由暗暗惊喜。只可惜这芙蓉头仰脚弹，软洋洋地毫无惊觉，任凭这东西为所欲为。

　　芙蓉一觉醒来，已是天光大亮，看怀抱中的情人，却是个净光道士，芙蓉直惊得一颗心从口里跳出来，忙将道士推了推道："你这东西，竟有吃雷的胆，敢来蹂躏我的贞操，做下这逆伦的事，看你师父可能容你!"

道士笑道:"师父被我杀了,帐顶上的血迹就是凭据,你不睡下来,要推我干什么?"

芙蓉听说他师父已被他杀害,便不作声了。

道士又将杀害秦伯偕的缘故说了一遍道:"不用这方法,如何能报复我心中的怨毒呢?现在我的法力可也不小,你随我做妻子,不见得怎样委屈你。只是你和姓秦的脸相偎、腰相靠,我不相信你这还是个处女未曾领略他的风情,难道他已预先知有今夜的事,留待你这无瑕的珉玉,使我在今夜享受的吗?你何妨将这缘故说给我听听。"

芙蓉这时早已觉得自家不是个红花幼女,便对他从实说道:"你于今已杀害了他,这生米已煮成熟饭,我也没有反悔。在三年前,我只十五岁,这姓秦的到我家里来,每年净贴我母亲一千两银,他有时同我在一床上睡,从没涉及云雨之情。他说:'情根于心,玉贴香偎,正说不尽无穷快乐,一涉及云雨之事,事过兴阑,亦有何趣味?'食色本为人之天性,但他以为云雨之情,最是减促男女爱情的毒剂,所以三年以来,我的身子是清白的。不想今夜遇见你这个嫖虫,便不许我留着这清白的身躯了,前生的冤孽,到了这一步，我并不觉你怎样委屈我，只望你要处处顾全我母女的生命，不该再看了野的弃家的，做下那样坏事，将来是仍不免要受报应的。"

道士大笑道："我断不再弃了家的寻野的，我杀了姓秦的，你总该感激我，若使他还活着，你辜负了青春年少，也尝不到这种风味呢！"

彼此又笑谑了一阵，道士少不得又向她赔了个小心，卖动了她的情怀，自然吴大娘也没得话说，过着洞中的日月。

道士虽学成了这种法力，但怕那茅山瘠生道长要来给他的师弟报仇，暗暗结识江湖上许多绿林中的浑蛋，巩固他的势力，如落马镇邱豹这班人，都暗暗同他一鼻孔出气。

邱豹要从他学习法力，他便对邱豹说道："我们这种法力，不过都是些幻术作用，一遇明眼人，这法力便毫无用着。只是我有一种方法能炼成了两柄子午阴阳剑，这子午阴阳剑是极不容易炼成，炼成功了，厉害得了不得。我们能炼成了两柄子午阴阳剑，你我如得一柄，我们的能耐就可以通天彻地了。不过要炼这子午阴阳剑，最要紧的，是要寻两个有根器的青年男女，取血在子午二时祭剑。你我都要留心，若遇到有根器的男女，或掳或骗，务必多弄些，锁在你家地窖里，我好挑选了祭剑。不过这炼剑的事，你要保守秘密，非你自己的人，切记不能泄露半句，第一机密，第一机密。"

邱豹道："这个请道长尽可放心，我们落马镇的居户都是我的羽党，知道我这里的规矩，凡有秘密不宣的事，他们都不敢对帮外的人飞短流长。但是道长说要寻找有根器男女，这有根器没有根器，却在哪里看出？求道长明白宣示则个。"

道长道："男子有根器的，骨俊眉清，两眼神光充旺，使人见了生畏怯之心。女子有根器的，神清目朗，从婀娜妩媚之中，显出中正刚健的神态。"

邱豹道："这子午阴阳剑，要用什么钢铁铸成，需炼多少时日呢？"

道士道："子午阴阳剑并不是钢铁铸成，须用陈菖蒲制成剑形，每日子午二时祭炼。炼的时候，在菖蒲剑上画几道符，念几句咒语，子时摄用男子的魂血祭剑，午时摄用女子的魂血祭剑，经炼七七四十九日之后，大功告成。这子午阴阳剑佩在身边，便能任意杀人，比剑仙、剑侠用精气神炼成的剑炼得容易，功力却更大得不可思议。但是用的男女要有根器的人，炼成了剑，方能任人所欲，男女的根器薄弱不中用，炼成的剑也怕薄弱不中用。听说茅山寤生道长的法力很神秘、很奇诡、很厉害，大略他们左右不过是炼着类似子午阴阳剑，任意害人的一种毒法。"说着，便叫邱豹附耳过来，便传给他炼剑时应用的咒语，又送他几道炼剑的符法。

邱豹领了道士的法令，也曾着人掳劫了多少男女，捆在地窖里。道士都说："这些男女根器薄弱，不能用着炼剑。"

邱豹便将那些男女掷入杀人房里活宰了，免把这消息流传到外面去。但邱豹终以为自己的眼睛太不济事，毕竟认不定谁是有根器的人，何况有根器的人很少，又不容易遇见，却把寻找应用男女的事托道士办理。但自家在饭店里，仍留心物色神清骨俊、中正刚健的合用男女。

道士接受邱豹的要求，回归山洞，占了一课，课中所指，必有个有根器的男子，自然后来被邱豹擒着炼剑，又分明指着合用的女子，在熊耳山一带地方，但是很透着几分凶险的气象，心想：我处处谨慎些，做事不粗莽，自能逢凶化吉。

一路到了熊耳山左近地方，恰寻不着一个有根器的女子。哪知未到十虎村，又占了一课，课爻却甚圆满，便到那十虎村，暗访了两日，即拜见苗奎、花明及吕宁、张义、沈刚、毛霸这六筹好汉，说是一路望气而来。

苗奎、花明看他说话间都能未卜先知，对于他们生平的履历是怎样的出身，怎样的本领，有无什么亲人，都说得很详细，各人都请他看相摸骨。道士先相过吕宁、张义、沈刚、毛霸四个，说他们都是国家的一员战将。最后相到苗奎、花明两人，忽地叫了一声："奇怪！"便不向下说了。

苗奎、花明都起身说道："咱们貌相主何吉凶？总乞道长明示不妨。"

道士道："贵贱在于骨骼，吉凶在于气色，看两位骨骼崚嶒，将来贵不可言。不过面部的气色白里透红，恐怕在百日以内，出生入死，难免一场奇祸。"

苗奎、花明都对着镜子照了照，觉得道士的话不错，问："有解救方法吗？"

道士便说出到北方去躲避凶星的话来。

道士去后，苗奎便告别小娥及吕宁、张义一众英雄，到北方去躲避凶星了。

道士所以支开苗奎、花明两个的缘故，就是事先已访到苗奎的妻子鲁小娥生得怎样的骨气、怎样的神态，想来是个有根器的，正合祭炼子午阴阳剑的用处。但碍着苗奎同小娥夜间同衾，下手防有祸变，所以慎重其事地欲将苗奎调开，连带调开花明，也叫他们少了两个助手，准备夜间去劫小娥。

欲知后事如何，且俟第九回再续。

第九回

烧村寨好女郎遭擒
炼毒剑侠男儿丧胆

再说鲁小娥那天自苗奎去后，到了夜间，刚才就寝，不知哪里来了一队官兵，将十虎村围得水泄不通，呐一声喊，一时村外火把齐明，有许多火球、火箭向村中乱飞乱射，夹着呼啦啦火声作响，惊得小娥从睡梦中醒来，看火光烛天，连隔壁房上也要着了火，哪里有一线可逃的生路呢？不由跺脚说道："日间那个散脚道士，想是仙人指示我丈夫和花明一条生路，总该我丈夫和花明不该葬身火窟。看来吕宁等一班好汉纵有冲天本领，不被火烧死，也当被官兵擒获。我这伶仃弱女，再也休想有个生路。"

小娥好生惊怕，从火光中看见吕宁众人东冲西突，自相践踏，那一片叫号的声音真令人耳不能闻，目不能睹。似乎见一个黑影飞到楼上，小娥只叫了一声苦，便像似失了知觉一般。

这时候，吕宁、张义、沈刚、毛霸四人，在火光中冲来撞去，觉得那火虽有燎天的威势，却无逼人的烈焰，那火箭虽然像飞蝗似的，但没有射死村中一人一犬，只见天空间有个人影子一闪，便闪得不见了。

吕宁虽看官兵四面包围，但他心里终觉得怪异，喝令众人不用鸟乱，便舞着一支方天画戟，指东杀西。跟着张义也拨动青龙大刀，毛霸使着钢鞭，沈刚拨动铁杵，一个个都奋起精神，带领几个小朋友们，杀到官兵队里，杀死了官兵无算，在后的官兵都纷纷退让着，也没有放着火球、火箭。

吕宁等看这些官军专是脓包不中用，都只当作是一丛的蚂蚁，复转杀到寨中，想救出鲁小娥。谁知杀到那里，小娥的卧房看似四面都着了火了，只没有一罅的门路能到她卧房去，将她解救出来。只得转然冲杀出来，遇着官兵便杀，杀得官兵纷纷退窜，连一个也不见，吕宁等一众好汉心里方才宁帖些。

忽然看那些被杀的官兵，却没有看到有一具尸首倒在那里，众人更觉得这一层很怪异。再借着火焰的光辉，看见地下纷纷散着许多纸人、纸马、纸刀枪，并竹弓、木箭之类，大家才恍然圈里钻出一个大悟：哪里是有什么官兵到来？不知是什么妖人使着他的妖法，来危害十虎村众好汉的，好奇怪。

就在众人恍然大悟的当儿，烟灭火消。再看十虎村仍是个十虎村，没有被火烧毁一砖一瓦、一木一柱。众人依然回转村寨，到小娥房外看时，见那房门是虚掩着，众人便问："苗家的阿嫂可在房里吗？"

问了好大一会儿工夫，只没听得里面有人答应。推开房门看时，哪里有个鲁小娥呢？又在村寨里各房各户寻问个遍，只寻不到小娥。计点寨中的财物，一些不少，只不见小娥一人。

吕宁便将张义众人带到他的房里说道："今夜的祸变，总算出人意料之外，咱们听得江湖上有什么红莲教、白莲教、三元教、八卦教、天地会，那些害人惑众的妖术，多使这种剪纸为人的戏法，只是没有亲眼见过。今夜使弄妖法的人无端闹到咱们头上来了，偏是咱们村寨中并不损失什么，单只不见了苗家的嫂子，叫咱们日后如何对得起苗大哥呢？苗家的嫂子看是被妖人抢劫去了，我想苗大哥也没有看见过有会使妖法的人，哪里同他们结下什么不解的冤仇，惹得他们将他的妻子劫去？今天日间来的那个散脚道士，当时对付咱们同苗大哥的话，咱们并不见疑，及今细想起来，怕是那东西不知在什么地方看见苗家的嫂子生得还不错，把苗大哥调遣开去，好来作法劫去苗家的嫂子，让他做那邪淫不法的事。咱们一众弟兄都是义气为重，无论日后苗大哥回来，咱们没有这张脸见他，就是凭咱们的血性，也要出生入死，去寻找那个散脚道士，勒逼他把苗家的嫂子献出来，他也休想有个活命。众位兄弟，休怕他的妖法，要想他这妖法只有吓人的威势，没有伤人的功夫。事不宜迟，咱们急去寻找那个散脚道士要紧，寻着了散脚道士，自然得到一个水落石出。"

张义众人都齐齐答应了一声，就此打点出发，寻找散脚道士的踪迹，只留着几个小朋友们看守本营，这且不在话下。

却说小娥在那时候，看见有个人影子飞进房来，只叫了声苦，便是耳无闻目无见，没有丝毫知觉了。蓦地苏醒过来，看自家的身体绑伏在一处很卑湫的屋子里，转脸看有一个肥头硕脑的道士向一个凶神恶煞的瘦子说道："这个合用的女子，我已弄得前来，男子要着落在你身，我的神课，是最有准确，你以后要留心些,找得个有根器的男子,使着人去通知我,给我看这男子毕竟是合用不合用。你要知炼这子午阴阳剑,须先将合用的男女都寻到了,择定死气天杀的日子,才能开手祭血炼剑。炼的时候,必须有我在旁帮助你,你一个人,就会念几句咒、贴几道符,我还怕这第一柄子午阴阳剑炼不成功。"

那瘦子听了说道:"道长的法旨我不敢违拗,不过我这一双乌珠太不中用,有根器和没有根器的人,虽由道长告诉了我,我仍是无从辨识。以后能得了手,合用不合用,自然仍请道长示下。"说着,两人便一齐走出去了。

小娥听他们这些话,只吓得魂不附体,暗想:这个肥头硕脑的道士,十九当是那散脚道人了,做梦猜不着把我弄到这里来,要炼什么子午阴阳剑。那瘦子不须说明,大略也是道士的一流人物,看来我是涉着这样的风险,十九休想有活命了。我若要预备寻死,无论眼前没有妥当的死法,并且我死以后,恐怕蒙着不洁的声誉,叫我丈夫和我的兄长如何再有面目在江湖上行走呢?

想到其间,转未可以一死塞责,整日价如同痴呆了一样,有人送饭来喂哺她,她也吃,吃过了便哭,经久下来，却是形销骨瘦，连半点儿眼泪都没有了。恰好这夜见她兄长邢柱也捆缚前来，小娥单就眼里所见的情形、所经过的祸变，向邢柱说了。邢柱也向小娥诉说别离后经历的风险。

兄妹又在这地室中困了一天，到了第二天，便有两个男子、两个女人，将邢柱兄妹扛抬到地窖间一处很清洁的屋子里。看那屋内摆设着许多法牌、法木、法符箓等项，三脚香炉里面烧着些沉檀速降。左边有个道士，在那里披发仗剑，步罡踏斗，忙乱了好一会儿，左右便将菖蒲做成一柄剑的模样，供悬在三元大帝神像面前。邱豹也将邢柱、小娥押到神座前，分左右俯伏。道士扬了扬法牌，把法木连拍了三下，这里邱豹便走到神座前，取下一柄用菖蒲制成的剑，贴上了两道符箓，口内叽里咕噜，对着那剑打起外国的咒语，把剑在邢柱头部拂了拂。说也奇怪，邢柱登时头目昏晕，眼睛暴涨起来，顷刻天旋地转，杳杳冥冥，像似魂灵已脱离了躯壳，在空中飘荡着。

邱豹便解开他的左膊，吸了一口清水，向他左膊上只一噀，取着一把师刀，又在他左膊上只一划，便冒出许多的鲜血来。急将刀上的血滴在一柄菖蒲制成的剑上面，口里不住念动真言。

这时候，邢柱却觉空中飘荡的魂灵竟与那菖蒲制成的剑翕然而合。忽然烛的光焰陡然一炸，那火焰便直伸起有三尺多高，欲烧毁到上元神像上面。邱豹才将真言念了一半，陡然见此怪异，心里只一惊，那边道士已将烛上的火焰喷熄了。

却在这时候，邢柱的魂觉得从那剑上飘然而下，依然寻着了躯壳，心里虽甚明白，但口里也不说什么。

小娥在地上偷看到这种险状，不由号哭起来。

道士用手指着小娥，恶狠狠地说道："你想死得快，就号你妈的丧；不想死得快，这四十日内，你绝不致受死。"

小娥听他这话，唯有吞声饮泣。

道士便叫邱豹仍将邢柱的上衣扎好。邢柱眼看他们这种举动，怕又要照样轮到小娥头上来。谁知道士一声令下，仍将邢柱兄妹捆押到那很湫隘的地室去了。

邱豹便向道士问道："今夜开坛炼剑尚未到收坛时候，道长怎么叫将这合用的男女仍押到那地方去呢？"

道士道："你的心一惊动，便再炼下去，有什么用处？符咒的功用全要心定神一，心神受了惊扰，如何能炼剑？明日午时，且不用你下手，我做个模样你看，任是'泰山崩于前而色不变，麋鹿兴于左而目不转'，这心神便能坚定了。"

邱豹兴恨不该在烛焰爆炸的时候分了心神，空叫子夜白炼了多久工夫，竟没有用着。

到了第二日，午刻，道士仍令将邢柱、小娥押到坛前，分左右俯伏，一切步罡踏斗的勾当都做过了，便由邱豹扬了扬法牌，把法木连拍了三下。这里道士也走到神座前，取得一柄菖蒲制成的剑在手，重新贴上两道符箓，眼观鼻鼻观心地念了几句咒，把剑在小娥头部拂了拂。说了奇怪，小娥陡觉身体虚软，神志昏沉，双目一瞪，登时胡天胡地，心里像似失了主宰一般，那一缕芳魂，似随着炉中袅袅的香烟，在空间盘旋无定。道士便解她的右膊，吸了一口清水，向她右膊上只一噀，取出一把师刀，又在她右膊上只一划，那白的是肉，叫人见了心荡，红的是血，叫人见了神伤。道士却像行所无事的样子，将她右膊上喷射出来的血用刀洒在那一柄菖蒲制成的剑上，口里念着咒音。

这时候，小娥的一缕芳魂正在空间飘摇无定，血洒在菖蒲制成的剑上面，小娥似觉有人将她身躯猛然一推，那身躯已与这菖蒲制成的剑合而为一。忽地道士觉得一阵心疼，脸上不由现出很难过的样子，打算再延一刻工夫，把咒念完了，哪知简直一阵一阵地心疼得厉害了。道士已将真言念去十分之九，再也不能向下念了。

略停了停，邱豹急问道："道长是怎样的？"

这声音来得很响亮，把道士的真言打断了。

却在这时候，小娥的芳魂觉得从那剑上飘然而下，仍然寻着了躯壳，心里也有些明白，口里但又不说什么。

邢柱偷看小娥这种险状，真比拿刀割着他的心肠还痛，不禁辛酸泪落，更忍不住，简直放声大哭。

邱豹指着邢柱怒道："少要哭嚷些什么，是你飞蛾投火自招灾，只怪你的命来得正，去得不正，不能怪咱们心肠狠毒。"

邢柱听他的话，更号哭得厉害。

道士便来将小娥的上衣扎好。小娥看他们这种举动，怕照样又到邢柱身上来。谁知道士一声令下，又将邢柱兄妹捆押到那很湫隘的地方去了。

道士便向邱豹问道："我的定力，看有'泰山崩于前而色不变，麋鹿兴于左而目不瞬'的功夫，我没有这样功夫，也绝学不得三元教的法力。不料今天炼剑的功绩看要告成了，不知怎的，我这心简直一阵忽然疼似一阵，心神受了震激，如何还能炼剑？便再炼下去，又有什么用处？偏是刚停止炼剑的工夫，错过炼剑的时间，我的心又不觉有什么苦恼了。两次炼着子午阴阳剑，都在中间发生意外的枝节，我想到甲子日再炼，预先斋戒沐浴，到那日在天、地、人三元大帝面前，卜占一课，再看这课中的指示，必能审定那次祭炼子午阴阳剑是否经过七七四十九日之后能够成功。"

邱豹自然唯道士的命令是听。

要到甲子这一日，两人都预先沐浴，茹素五日，一交癸亥日戌时了，道士即令摆设坛场，供起三元神像，明烛真香。道士先同邱豹跪在神像前，各行了三拜九叩首的大礼，然后起身站在一旁。道士也如数在神座下叩拜了，拈起三个金钱，在香烟上转了几转，重行伏地祷祝。邱豹也就跪在道士的身后，祷祝了一会儿，把三个金钱摇了几摇，连下了六次。只见道士叩了个头起来，面上现出很犹疑的神气，重行又把金钱在香烟上转了几转，祷祝了一会儿，又摇动金钱。

连摇了六次,道士便转身说了声:"奇怪,大帝不许弟子炼这子午阴阳剑,奈何奈何?"旋说旋又拈了一课,觉得同前两课全没改变爻样。

道士收了金钱,很失意地长叹一声道:"连占三课,俱得最下,此剑似不可炼,恐怕祸变立至。"

邱豹在旁看了,很不以为然,便请道士起来,照着道士拈课时仪式,拈了一课,问道士主何吉凶。

道士点头道:"你这课比较好一点儿,只是仍怕有意外的风险。也罢,我们非炼成子午阴阳剑,不足完成我们的势焰,成也要炼,不成也要炼。"说着,即吩咐左右,将邢柱、小娥押得前来,准备一交子时便开坛刺血祭剑,遂将祭剑的种种设备都忙得有了头绪。

看已到子时了,只见道士打开头上的发,散披在两肩上,一切步罡踏斗、贴符念咒的仪式差不多要做完了,忽听得外面有人吵嚷说:"不好了,不好了,反了人马杀得来了!"

欲知后事如何,且俟第十回再续。

第十回

恶强盗杖打莽男儿
死定国刀伤活邱豹

话说散脚道士听得这一阵吵嚷起来，心里虽不慌急，但事起仓促，祭炼阴阳剑的情绪是没有了。一面吩咐左右，仍将邢柱兄妹解下去，一面同邱豹出来，向那些吵嚷的人问道："看这样大惊小怪，究是哪里的人敢到落马镇来送死？"

那些人又嚷叫道："上面来了几个野人，杀得很厉害，道长还不同咱们的师父出去，更待何时？"

道士同邱豹听得这雷一阵雨一阵的惊耗，不知是上面出了什么乱子。邱豹早寻了铁杖，握在手里，同道士出地窖。看那金鱼缸已被人搬开一边，但听得阵阵厮杀的声音，真是排山倒海，掣电轰雷，知道这祸变可也不小。忽地眼前闪来了个灰衣人，手里抡着一双铁锏，大叫："郭方在此！"旋说旋舞动双锏，来打邱豹。

邱豹忙举杖相迎，才一合，邱豹手起杖落，把郭方打得骨碎筋断躺死在那里。

邱豹当先杀了郭方，忽地又闪进一个灰衣人来，说："骨病鬼，快到扑天虎朱老爷朱旺面前受死！"

邱豹也不搭话，看道士在他旁边助威，要在道士面前卖弄他的本领，便来同扑天虎朱旺接战。朱旺挺着朴刀，和邱豹战了五合，拦腰一杖，已将朱旺打死一旁了。便同道士冲到前面，店里的客人逃走得没一个，连堂倌也不知他们躲避到哪里去了。看一班桌椅竹凳、窗槅家具都打了个落花流水，大门口围着不少的灰衣人，在那里拼命地同镇中厮杀，耳里还听那些穿灰衣人有的说："这番要打碎你这鸟镇，才泄去咱们牛家集人胸中怨恨。"

邱豹才想到这番鸟乱，是牛家集人来给牛二铁锤报仇的，便回向道士笑道："谅牛家集这些无名小辈，无须小题大做，割鸡焉用道长这把牛刀？请道长且在这地方，看兄弟此去，凭着这柄铁杖，好给他们打个痛快。"

109

旋说旋走到大门口，早向那些灰衣人望了望，喝道："你们这干鸟人，也不打听打听，咱这落马镇中，容得你们在这里撒野！"

　　这时牛家集的人正围着落马镇的匪党在门下杀得甚是厉害，听得邱豹这声喝出来，有几个争先不怕死的，各执着刀枪棍棒，纷纷攘攘，向邱豹扑来。邱豹更不怠慢，先退后三步，腾出地步来，把铁杖一挥，施展他的生平手段，横七竖八，前遮后挡，那些人不但不能近他的身子，略闪迟了一下，碰着他的铁杖，一碰就是个粉身碎骨。只不上顷刻时间，争先几个灰衣人，死的死，逃的逃，再没有一个敢来捋虎须了。

　　邱豹抖擞精神，虎吼了一声，倏地飞起铁杖，直冲出门外。落马镇的匪党跟着呐一声喊，真是山摇地动。

　　灰衣人见不是门路，便也向后纷纷退避。被邱豹领带那些匪党赶得前来，伤死了十来个，还捉住一个活的，便带到店中拷打。那被擒的灰衣人，他也是一个硬汉，如果这话不实，你要拷问他，便立刻打死他，也不承认。如果是实实在在的事情，你一提起他就立刻承认，无须乎用刑拷问，说狡赖的便不值价，连子子孙孙在江湖上都说不起话。

邱豹问明那人的话，才知那狗头虎郭方、扑天虎朱旺，并不是牛家集牛二铁锤的党羽，因为寻他们的朋友，在牛家集中听说牛二铁锤到落马镇救一个外乡人，被落马镇人陷害了，并问明那外乡人是怎样的相貌、怎样的装束、多大的年纪、带着什么东西、都是哪里的人氏，同他们所寻的朋友，若相符合。牛二铁锤既然遇害，他们想着那朋友被擒到落马镇去，断乎不能保全性命，便鼓动牛二铁锤的徒子徒孙，由他们两人当先，一齐到落马镇去，好给他们的朋友及牛二铁锤报雪冤仇。

邱豹听那人说完了，叫左右将那人绑到杀人作里宰杀，便同散脚道士转到地窖，把邢柱提到杀人作里，问郭方、朱旺两个可是他的朋友。

邢柱回了声："是。"

又问："你的朋友，除了郭方、朱旺，还有谁人？"

邢柱回道："我的朋友很多，也记不清有多少了。像郭方、朱旺两个，单论他们的本领，只够得上做我的朋友，尚够不上做我那些朋友的朋友呢。"

邱豹道："咱瞧你胡乱也像个英雄好汉，你有没有师父？"

邢柱道："我这次出门，就是寻找我师父的。"

邱豹道："你的师父是谁？提起姓名来，咱们可还知道？"

邢柱道："我师父的法号，上寤下生，本领、法术，都大得了不得。"

邢柱所以说出这些话的意思，想来吓诈他们，将他兄妹释放出来，岂知这才说完话了，邱豹便喝令左右："快将这厮绑到杀人凳上宰了吧！"

左右答应了一声"是"，看邢柱这性命便要断送在眼前了，即听散脚道士喝了声："且住！"向邱豹说道，"寻找合用的男女炼剑，确是一件很不容易的事，我看这厮是个有根器的男子，和那些行尸走肉毕竟不同，你要斩了他，岂不可惜？"

邱豹道："千百件依得道长的话，这一件却怕依不得。道长想那个寤生道人，终究要算咱们的大敌。听说那老贼的道法厉害，万一延迟下来，有那老贼出来，把这东西劫了去，少不得要百般对咱们懊恼，不若将这东西宰了灭口就得了。"

道士道："我看你这话说得太不对了，这东西若果然是寤生的徒弟，他的法术、本领出手总要胜人一招，任你们落马镇中人多势大，怕也不是他的对手。

你们能将他手到擒来，可知这东西绝不是瘸生的徒弟，原是他想借此吓诈你，开放他一条生路。果然他是瘸生的徒弟，讲不起，我们只得从宽开释了他，省得同瘸生多加一道扣结，多种下一种冤仇。"

说至此，便向邢柱问道："你说是瘸生的徒弟，可知瘸生是哪里人氏？"

邢柱道："是江苏人氏。"

道士道："住在哪一州、哪一府、哪一县？"

邢柱道："知道。"

道士道："他的师兄弟共有几人？"

邢柱道："知道。"

道士道："怎样是知道？"

邢柱便嗫嚅住了。

道士大笑道："就看说这两个知道，总算你还可多活几天。倘若你果然是瘸生的徒弟，我们哪里肯从宽释放你？明年今夜，便要吃你的抓周酒了。"

邱豹方才恍悟，深恨自己性情鲁莽，不及道士的心思细密，便向道士拱手谢罪，仍将邢柱押下去。

看甲子日炼剑的事又成了梦幻泡影，但散脚道士以为夜间祸变总算转祸为福，这三个金钱却有不灵验的时候了，便改用庚申日，道士便回山去了。

两日,转来向邱豹说道:"怪不得我在前夜连占了三个最下的课,我怕是在炼剑的时候,我们要身受飞来的奇祸,不想这种奇祸却应在我那岳母、妻子身上。就在那一夜,我住的那座山,崩塌了一大角,我的洞府都压塞了,我岳母和我妻子却被压死在山洞中了。洞中有许多财物,我一样也不能享用。幸得我在你这里炼剑,若不怕我妻子在洞中分了我炼剑的心神,把这一对儿合用的男女带到洞中去炼,便惨遭这样的奇祸,我也要压成一个肉饼。如今细想起来,还算是不幸的大幸。"

邱豹道:"怕不是寤生用着移山倒海的法力,来给姓秦的报雪冤仇吗?"

道士道:"移山倒海这一步法力,谈何容易?那姓秦的没有这样的法力,寤生同姓秦的是师兄弟,他就有这样的法力吗?山崩地裂,古来有之,哪里便能说是寤生用着法力来伤害我性命的?我的巢穴已失,没有什么挂碍,我们大家便团结在一起吧!"

邱豹看出他的意思,说:"咱兄弟在这地方很有一笔进项,远近帮中的兄弟,投到兄弟这里的,一日也多似一日,难得道长住在这里,总算是咱们的造化。以后咱们不拘什么事,都得听道长的法令。"

道长略谦辞了一会儿，也就接受了。

邱豹当日便招集镇外的党羽齐来参拜道士，忙着庆贺的筵席，大碗酒、大块肉，摆满了几张台子，大家欢呼畅饮，好不快乐。

忽有几个镇外的党羽赶来，跪下报告说："牛家集又来了一伙人，都穿着短衣，带着兵器，装作走江湖卖解人的模样儿，已到了离落马镇不过三四里了。"

邱豹听报，忙推过酒杯，要准备迎头抵抗的样子。

道士便拉住邱豹笑道："不打紧，那一干鸟人，不拘他们有多大的武艺，固然你的本领断不致失败在他们手里，而在我的意思，把来的这干鸟人，简直看作是一群的蝼蚁，须略使出点点法术，叫他们跪下，他们便不站着，叫他们死在你手，他们也绝不致死在我手。大家且只顾吃酒，忙乱些什么！"

邱豹道："道长不是说明这法术只能吓人，不能伤人的吗？"

道士道："我的法术，虽不能用它伤害人的性命，但在我使出法术的时候，仗你们的威力，要他们死，他们便不能活。法术虽不直接伤人，何尝不能借刀伤人呢？"

邱豹听他这番说,也很有点儿道理。

吃酒时间,忽听得一阵喊杀的声音,杀到落马镇来了。原是十虎村秃爪虎熊超、过山虎左雄、金毛虎史定国、披发虎胡平,受了吕宁、张义的命令,一路追踪郭方、朱旺两个,好在暗中保护邢柱。恰到牛家集地方,史定国、胡平知道那地方是牛二铁锤的界地,大家同到牛二铁锤的茶馆,恰值牛二铁锤的徒子徒孙从落马镇逃命回来,他们才知牛二铁锤因救邢柱到落马镇去送掉性命,知邢柱已被邱豹擒获,大略也难逃得毒手。便是郭方、朱旺两个,也因邀集牛家集人,到落马镇给邢柱、牛二铁锤报仇,被邱豹伤害他们的命,牛家集死伤的人也很不少。

熊超、左雄、史定国、胡平等四筹好汉听了这样消息,又鼓动牛二铁锤一班徒子徒孙,大家都装作江湖上卖解人的打扮,一路到了落马镇,恨不能立刻将邱豹碎尸万段。心里虽则如此愤恨,事实上如何办得到呢?

其时由熊超左手舞动一根金箍狼牙棒,左雄抡起两耳四窍八环刀,史定国握着一柄五爪连环抓,胡平披着满头乱发,托着一根丈二点钢叉,领着牛家集的一班健儿,各带着刀枪斧棍,迎风呼哨,杀进落马镇店中来。远远看见厅上摆着几张桌子，正面席上坐着一个肥头大脑的道士，旁边坐着一个瘦子，好像风都吹得倒的模样。

熊超估定这瘦子便是落马镇的龙头邱豹了。看他们见了这种势派，毫不畏惧，仍然仰着脖子在那里吃酒，熊超便喝了一声："上，上！"

转眼间，不见那瘦子同吃酒的人所在了。

熊超好生惊讶，回向左雄、史定国、胡平及一众健儿急道："这不是活见鬼吗？一干天杀的害民贼，却弄到哪里去了？"

这话才了，似乎有人应了一声："来了！"

一根铁杖已向熊超左臂打来，熊超叫了声："哎呀呀！"他手中使的那条金箍狼牙棒扑地掷落地下，一时慌急起来，左臂上又疼痛得厉害，眨眨眼，头上又中了一铁杖，不由脑浆迸流，死于非命。

左雄等站在后面，只见得那根铁杖向熊超痛击了两下，并不看见邱豹站在那里。忽听得史定国的声音喝了声："姓邱的，不是你死，就是我亡。"

左雄转身看时，史定国托着的那柄五爪连环抓已兜到他的头上来，左雄急喝道："史阿哥，怎么自家人闹到……"

下半句未说出，史定国却来抱着左雄的尸骸，放声痛哭起来。

原来左雄被他这一抓，把眼、耳、口、鼻都抓坏了，满脸流得像血人儿一样，还印下横一路竖一路的深深五个血印，霎时便死于非命了。

史定国正抱着左雄的尸首痛哭，后面胡平见了，说："姓邱的，你杀了咱们左阿哥，要你在这里痛哭些什么？遭叉吧！"

说时迟，那时快，胡平早挺出丈二点钢叉，史定国急起身分辩时，叉尖又戳到他的肩上，戳了两个血洞。忽然胡平把点钢叉一松手，觉得右肋间便捣了一铁杖。胡平便叫了声："哎呀！"尸首便倏地栽倒下来。

在后的一众健儿看在前的四筹好汉，就这么糊糊涂涂地被敌人暗算了，只慌得一窝蜂向外面逃跑。

那时史定国并不曾死，背后中了胡平一叉，毕竟想不出胡平如何会糊涂到这样地步，又想不出自己也会糊涂，竟把左雄看作是个邱豹，反手拔出背后的叉，回头见胡平也被捣死在那里，牛家集的健儿逃跑得没一个。

这当儿，便见邱豹领着一干人，站在他的面前，手里抡着铁杖,冷冷地笑道:"咱们的道长,略使了一点儿幻术,看你们自相残害,逃不了咱们的手。你要来寻咱老子,咱老子现在这里,有本领只管使出来吧!"

史定国看邱豹那样揶揄的神态,只气得直叫起来,背上的叉伤痛得心脏俱裂,咬着牙齿,向后便倒。邱豹便同散脚道士及落马镇上一众匪党都将史定国远远包围起来。邱豹听史定国呻吟的声音渐微,反手握着左雄那把两耳四窍八环刀,很是锋芒。及见他目张口闭,连些微呻吟的声音都没有,也不去提防他了,走近一步,欲取下他的八环刀,谁知史定国陡然一蹶拗起来,随手向邱豹右臂狠命一刀挥下。邱豹哪里想到他装作假死,还有这一手毒招,如何来得及避让呢,失口一声:"哎呀!"抢先几步,一脚将史定国踢到一丈开外,跌下来是死了。

欲知后事如何,且俟第十一回再续。

第十一回

得内援兄妹脱险
施邪法贼道无情

原来史定国并没有死，匆促间从地上直拗起来，说时偏迟，那时却快，早挥起两耳四窍八环刀，猛向邱豹右臂上挥下。邱豹"哎呀"两字才叫出口，闪上几步，飞起了左脚，将史定国踢到一丈开外，跌下来又死了。不过邱豹这右臂膊被史定国的刀砍断了筋骨，弹下来血流不止，仓促间虽没觉得有什么痛楚，踢死史定国以后，腿上用了劲，牵动臂上的筋络简直痛楚得心肝俱碎，一脚立不稳，早滑倒在地。

散脚道人见这情状，叫人将邱豹抬到里面养伤，放在桌案旁的铁杖，料知邱豹伤了右臂，将来使不动了，也令两个堂倌且抬到邱豹房里去再说。

看史定国这时的死相，还令人可怕，咬着牙齿，两眼几乎圆睁得要凸了出来，可是他睁得凸出来眼珠，没有丝毫光焰，那把两耳四窍八环刀，在砍着邱豹右臂的时候，早随手掼落一边了，才想他这次真个死了，再没有一口勇气来伤害他们的性命了。经散脚道人一声吩咐，才将左雄、熊超、史定国、胡平的尸首抬到地窖间杀人作里宰剥，一面便到邱豹房中，探看邱豹的伤势，看邱豹的右膀臂已砍去了半截。

原来这邱豹也算得个辣手，当敷上了伤药以后，疼痛略好些，觉得弹下来的半截膀臂不能动弹，被赘得不耐烦起来，索性咬定牙关，用那只手抽出佩刀，只一挥，便将那半截膀臂砍断了，霎时血流如注，头上的汗珠有黄豆般大小。幸得他房里藏着的伤药，不知费了多少心思、用了多少药料，才合得九死返生丹的伤药。这伤药真的是消痛止血的神剂、解毒生肌的上品，伤药丹敷上去，只不上片刻，便不觉有怎样的痛苦，不过精神萎靡，好像似害了一场大病。及见道士进来，略谈说片时，便向道士说道："那个入娘贼，兄弟认得他是熊耳山左边地方的人，他的诨号唤作金毛虎史定国，本领很有点儿，听说他们的羽党都是义气为重，在江湖上很有一点儿面子。这入娘贼，既同牛家集人一鼻孔出气，今天逃回的牛家集人，难免不去鼓动史定国的党羽，到咱们落马镇来报仇。兄弟受了这么重的伤，看是个废人了，总望道长看兄弟的薄面，要设法保全落马镇全伙人的性命。"

道士道："自家人讲话，不用猜疑，凭我这点儿毛术，遇到山林中艺高学广的隐逸之士，就有些出手不得，若像史定国的一班羽党，我在先并不是对你夸说一句大话，实在看他们真是一群蝼蚁。请你尽管放心，养息伤势，有我在，你们落马镇如何还保不了镇中全伙人的性命？但史定国既是熊耳山左近的人，那邢柱、小娥两个合用炼剑的男女，却是熊耳山左近十虎村中的人，我想史定国一干人等，此番又前来送死，他们在表面上虽说给牛二铁锤报仇，其实怕是想救出邢柱、小娥两个，才三番两次前来懊恼我们的。"

邱豹道："咱兄弟也想到这样路数，只是道长的法术虽然神妙，怕被人家拆穿了，那有什么用着？兄弟要求老道长保全落马镇全伙人的性命，是想道长另选祭剑的日子，越近越好。子午阴阳剑炼成了几分火候，兄弟这条愁肠才算有个着落。"

道士听了，惊道："你这话像煞很有道理，我的心思比你细密些，尚没想到这层关节，这真应上'旁观者清,当局者迷'的两句俗话了。子午阴阳剑不提早祭炼,休说镇中同伙人的性命难保,连你我的性命也怕有保不了的一日。我想大后天是己巳日,是年煞月耗,将就用着祭剑,若要决定到庚申日再开坛,如此延迟下来,怕耽搁我们的大事。祭炼这子午阴阳剑,炼到七七四十九日,大功告成,我们的本领便能敌得法力高大的一班剑仙、剑侠,单祭炼着三五日,只要祭炼得很顺手,这剑的功用也足殄灭十虎村中一班狼嚎犬吠的汉子。"

邱豹说了声:"好!"便叫人腾出左边一间房来,给道士住歇。

道士当日沐浴已毕,茹素两天,到了戊辰日,天才傍晚,道士早到地窖间,把祭剑的种种的设备忙好了,打算一交己巳子时,便将邢柱兄妹解来,开坛祭炼神剑。

好容易挨到戌时,便有人到坛上报告,说:"两个用着祭剑的男女已逃得不见踪迹了。"

散脚道士听报,大吃一惊,问:"你们在地窖中,可寻遍了没有?"

那人回说:"四处都寻遍了,只不知这一对儿男女是逃到哪里去了。"

道士亲自到监押邢柱的地方查看，不但没见邢柱兄妹，连他们身上的绳绑也不知弄到什么地方去了。

又问那值日看守地窖的人，那人回说："在起更时候，还送水食给他们吃的。"

道士盘问他一番，料想他绝不会把邢柱兄妹放出去，薄惩了一番，且吩咐众人不可将这消息传给邱豹知道，怕他听得这消息，总该有些悬心吊胆，于他的精神上发生祸变，却派人分头在落马镇前后左右近地方踩缉。那些人回来报告："并没有半点儿线索可寻。"

道士不由大叫了一声，跳起来说道："这两个难道会从泥地下钻去不成？究是什么人将他们劫去了呢？哎呀！只怕他同茅山瘄生道长真个有点儿关系，是由瘄生在暗中运弄神通，将这两个劫去了吗？要说是熊耳山和牛家集的人，那厮们就有这样的狗胆，又没有这样本领。"

忽地又在桌角上拍了一巴掌道："如果是瘄生道长前来，劫取他们一对儿男女，那瘄生原是秦伯偕的师兄，就该连带伤害我的性命，给伯偕报仇，怎的单劫去他们两人呢？"旋说旋回到神坛，用三个金钱，在三元大帝神前，诚惶诚恐地拈了一课，不由得点了点头，便吩咐将那值日看守地窖的人押得前来。好在地窖里各式刑具是现成的，便来拷问那看管的人。

那人被拷打得体无完肤，晕过去好几次，实在挨熬不得了，料邢柱兄妹已经去远，天色想已到日出的时候，没奈何，只得从实招了。道士还怕他的供词不确实，及至有人从那在先监押邢柱兄妹的室外找得几根绑绳，才确定他句句招的都是实供。一面将他绑入杀人作里开刀，一面便准备去将邢柱追回来祭炼神剑。这人绑到杀人凳上，在临死的时候，却说自己不值价，算不了是个汉子，万一邢柱兄妹终难逃得这散脚道士之手，叫他死后如何对得起人家难兄难妹呢？

原来这人姓毛名福，是陕西少华山人，少壮时也胡乱地使枪弄棒，流落江湖。鬼混了十来个年头，便有人介绍他到落马镇，投入邱豹门下，才三个月，看邱豹的路径不对，有意要辞去，但实在又没有第二个门径寻得栖身啖饭的所在。偏巧邱豹那夜将邢柱擒捉回镇，要祭炼他们的子午阴阳剑，毛福在第一次值日，看守地窖，曾听得邢柱同小娥各诉苦情，知道邢柱并不姓柳，是太华山邢翰林的义子，不觉动了同乡之念，却又不敢冒昧设法救邢柱兄妹出险。

这日，毛福值日，看守地窖第二次，在晚间照例要送邢柱兄妹一顿饭。在先是分别男女送饭给他们的，这日地窨中听差的女子因邱豹受了伤，都到邱豹房里服侍茶水，只由毛福一人送饭给邢柱兄妹吃，先给小娥吃过了，然后再将饭送到邢柱面前，给邢柱吃。邢柱听他说话夹着陕西土音，又见他举动之间，都很有些可怜他们兄妹的意思，便同他悄悄谈起同乡的气味来。

邢柱道："我今天饿极了，反吃不许多，承老哥看同乡情分，这样地待我兄妹，我的心肝肚肺都是感激。我们被监押在这地方已有不少的日子了，有个死罪，哪里再有个饿罪，每日给些冷饭残炙给我们吃的，何尝没有？但像老哥这样和气的面孔，肯和我攀谈的，实在没有一个。我们在困难地方遇见乡亲，真是不容易的事，不知老哥还能开恩，明天再送些好的菜饭给我们吃，我死了也瞑目。"

毛福听了，低声叹道："可怜可怜，无如我不能天天来送饭给你们吃，便是能偷空前来，你们的寿算还有五十天，子午阴阳剑祭炼成功，我哪里能再送饭给你们吃呢？我看你们兄妹的年纪很轻，怎么就落得这样收场结局？我不能救脱你们，使我心里终觉难过。"说到其间，咽喉也哽了，眼圈也红了。

邢柱流泪道："人生在世，生必有死，死有什么关系？只可惜我亲父母只生我兄妹两个，义父母又待我好，如今我兄妹死了，斩断了鲁家的血统，可惜如今也没有梁山泊的好汉美髯公朱仝、插翅虎雷横从天外飞来，能救脱我们出险，眼见得不久便死得不明不白，尸首莫说回家乡，就是死去的英魂，要想同我生父母、义父母同会一面，也是做不到的事。"说着，那眼泪早同撒豆子般流下来了。

毛福便将熊耳山和牛家集两人前来厮打的事说了一遍，道："目下何尝没有像梁山泊的那些好汉，不过散脚道士的妖法太可恶了，虽有美髯公朱仝、插翅虎雷横，怕也救不了你们兄妹出险。凭我要想设法救脱你们出这落马镇，并不是什么难事，不过你们就逃出落马镇，必有人去追袭你们。我又没这本领胆量保护你们同行，怕你们依然逃不了这场风险。"

邢柱、小娥又向毛福流了许多的泪，邢柱又向毛福说道："老哥有这样血热的心肝，使我们今夜能出落马镇，便是我们的重生父母，生死都当不忘老哥的恩典。不知老哥是否肯救我们一救？"

毛福的心肠渐渐被他们弄软了，踟蹰了一会儿，低低的声音，却很斩截地说道："好，我就担这点儿干系吧！我只保管你们暂时出落马镇，你们出了落马镇，能够逃脱了，就碰你们的造化。这时地窖中人都在神坛忙着祭炼神剑的设备，我取两件号衣来。"

旋说旋出来取得两件青色的衫裤，给邢柱解去绑绳，匆忙间把绑绳藏在屋后，说："我送你们出去，你们遇见这里同党的，有人问你们的口令，他若喝一声：'风！'你们就回一声：'定！'他们喝一声：'明珠！'你们就回一声：'出海！'出了落马镇，你们千万不可回熊耳山去，又不可向江苏去，只拣别的道路走着，走时不可太匆忙，有人盘问你们，不可露出自己的本相。你们可记得吗？"

邢柱、小娥都点点头，遂由毛福送他们出了地窖。邢柱兄妹看毛福仍回地窖去，上面悄没有看见一人，便从后门走出来。远远有一穿青衣的汉子，见有两个人从客店后门走出来，开口便喝一声："风！"

邢柱操着本地的口音，回一声："定！"

那人又喝一声："明珠！"

小娥便提高嗓音，也操着本地的口音，回说一声："出海！"

那人毫无疑惑，自顾自地去了。

邢柱兄妹未出落马镇，曾遇好些人，远远见了他们喝问口令,他们都依样回答。及至出了落马镇,便向东行去,真个茫茫如丧家之狗,急急如漏网之鱼,高一脚低一脚地向前逃走。

约走到三更向后,邢柱因平时走得惯了,有本领人休说跑了两个时辰的路,便一连走上三年六个月,似这般走法,并不觉得怎样痛苦。

小娥是个妙龄玉质的女子,在落马镇又受了多日的困苦,仅走了这两个时辰,觉得两只脚板一落地,就痛得如火烫针戳相似,只得咬紧牙关,忍痛随着邢柱。好容易挨了二三十里的路,计程当已离落马镇五十里了,耳听前村的鸡鸣,一递一声地叫个不住,田中的早稻被露水淋得像雨水一般,小娥道:"兄长,我这时实在走不动了,两条腿都肿得像吊桶相似,拎起来有千斤重量,脚底下已走破了皮,血流不止,便再爬行几步,也怕做不到了。"

邢柱回头一望,心里有些凄惨,便同小娥且到稻丛间去避歇几时。小娥勉强走入稻丛间,坐下来便哼声不绝。看看天光大亮了,并不见后面有人追来。

邢柱向小娥说道:"妹妹,我且搀扶你走到一所村庄,好雇两匹驴子,我们绕道回十虎村去,未必便再着那厮们的道路。我送你回到那里,然后再转到江苏来，我寻不到瘄生道长，给我生父和我师父报仇，我宁可埋骨他乡，至此也不怨悔。"

小娥忍苦挨出稻丛，便向地下一坐说："兄长且赶到一所村庄，雇得两匹驴子，妹子在这里等着。"

邢柱道："你不能勉强走着吗？"

小娥道："我若能再走一步，也不向兄长说这样话了。"

忽听得后面风响，好像是一个很肥胖的道士飞奔而来。邢柱兄妹都同时叫了声："苦也！"

才一转眼，那风声已响到跟前来了，哪里有什么道士，却见一个很高大的野人，身体有三丈多高，腰围粗得像宝塔相似，上身赤膊着，露出一列钢针般的长毛，下身披着一围的大布裙，头有饭甑那般大小，两眼圆睁得和铜铃一样，张开血盆大口，磨动着巉巉的獠牙，左手便来攫着邢柱，右手便来撩着小娥，要向他口里便塞。

邢柱被他用左手攫住了，使尽平生之力，也不能挪动分毫。接着看小娥被撩在他的右手上，叫了声："哎呀！"邢柱不由心中一痛，料想兄妹们要葬身野人腹中了。

欲知邢柱兄妹性命如何，且俟第十二回再续。

第十二回

大恩不言谢奇侠襟怀
好友视如仇英雄作用

话说邢柱看野人伸出铁爪般的巨掌，攫拿他们兄妹二人，向口里便塞，自信万无生理，心中好不惨痛，只得咬定牙关，将双目紧闭。就在这闭了双目一刹那之间，陡觉身体闪动了一下，便直坠下来，似乎又听得小娥的声音痛叫了一声娘。

邢柱只当作他们兄妹已被野人吞咽到腹中去了，接着又听得咔嚓一声响，连忙睁开眼来，见小娥一手拉着自己的手说："难道我们是在泉下相会吗？"

这当儿，却见个年纪不到四十岁的道装模样的人，面目甚是寒伧，头上没有戴着道冠，是个瘌痢头，腰里却悬着一个革囊，走到他们面前，四望没有行人踪迹，便向邢柱问道："足下可是太华山邢公子吗？"

邢柱听他声音很和婉，没有半点儿凶相，就估着他不是散脚道士一流人物，便随口回道："老兄是在哪里看见过我的？简直使我连影子都想不起来。"

那人道："会是没有会过，前两天我师父在洞中同吴太太窃谈，小道也不知他们是谈些什么，就此师父唤小道到跟前，着令小道一路到此地来，结果净光恶道的性命，救出你们兄妹性命。"

邢柱道："老兄不着道装，也是学道法的人吗？"

那人道："小道虽未闻道，但也不易接近尘俗。此行幸不辱师命，请邢公子和令妹随小道回去见我师父。"

邢柱道："老兄贵姓大名？如何救了我兄妹性命？尊师又是谁人？可是不是瘾生道长呢？"

那人道："我师父虽不许小道便将他老人家姓名告诉你，但他并没有法号唤作瘾生。邢公子要问明小道贱名，只认明这个癞痢头就得了。打从受了师父的命令，两日间便赶到这地方来，陡然看见有个巨人，伸开巨掌，撩着男女两人，像要吞吃下去的样子。这地方并不是荒山穷谷，哪里有什么吃人不吐骨头的山魈野怪呢？所以巨人一落到小道眼睛里，早知是左道惑众的人，使弄着邪法害人的，并且懂得这类邪法，完全是幻术作用，不能瞒得正眼法藏。小道遂运用两眼的元神，盯在巨人身上不放，说来谁也不信，就在两眼放出元神的时候，那巨人便不见了。恰见得面前有怎样衣装、怎样相貌、如何身材、多大年龄的道士，紧闭双目，口里念着邪咒。千不是，万不是，正是我师父所说的净光恶道，外号唤作散脚道人的。这东西前曾骗去我们柳师弟的黄金，又曾将我们方师弟骗卖到金马山玉龙寺去。我师父久已要锄掉他，不想今天却落到小道的手里，便取我神剑，结这东西了账，救得公子兄妹的性命。遂将他的尸级拖入稻田中去，急转得前来，好带着公子兄妹去见我师父。"

旋说旋从革囊里取出一颗圆笃笃、血淋淋的人头，又说道："公子看明白了吗，可不是那净光恶道的人头吗？"

邢柱兄妹看那人头的模样，不是散脚道士是谁呢，都喜得无以复加，同时翻倒身躯，拜谢癞痢头道人救命的恩典。

癞痢头道人把人头收入革囊，说："不敢当，我向来做事，不喜人怎样恭维我，这是你们兄妹合该救在我手,也毋庸拜谢我。我若早来一刻,那恶道未来;迟来一刻,又不能在这地方救脱你们的劫难。偏巧我早一刻不来,迟一刻不来,而来的时候,又得锄去江湖上的害马,又得救脱贤兄妹的性命,总算吴太太的神算有准,我师父且不敢居功,你们何用拜谢我?"

邢柱、小娥看他说这话神气来得严峻,恭敬不如从命,兄妹起身时,便将在落马镇经过的先后情形向癞痢头道人说了。癞痢头道人听罢,勃然怒道:"那些无恶不作的囚攘,听到我耳朵里,我不去宰杀他们,世界上还有安靖的日子吗?贤兄妹快随我去,烧他一把火,杀个鸡犬不留,看这干鸟人再有这凶焰鸟乱一阵。"

邢柱道:"本当随老哥前去,无如舍妹奔波了一夜,两腿已是不能动了,怎能随老哥前去?"

癞痢头道人道:"两腿走得不能动,我身边有药吃下去,两腿便立刻痊愈。我再送贤兄妹四道马甲符,包管你们走得比飞的快。"说着,便取药给小娥吃过。

那药凉爽宜人,顷刻散布四肢之间,觉得肿也消了,痛也止了。每人腿上都贴着马甲符,走起路来毫不觉一些吃力，却同癞痢头道人走得不前不后。看是要走到落马镇了，便听得一片喊杀的声音，好不厉害。癞痢头道人不由精神陡长，料定这派喊杀的声音先已有人到落马镇同邱豹为难了，便各除了马甲符，由癞痢头道人收好，便令邢柱保护小娥，且在这地方一座树林里等着。癞痢头道人便撒开脚步，飞奔落马镇，且按下不讲。

却说十虎村中玉面虎吕宁、赤面虎张义、矮脚虎沈刚、白额虎毛霸，那天从十虎村动身，一路向东寻踩散脚道人的消息，好救得小娥性命。

在路行了好几日工夫，没有半点线索可寻，吕宁四人都焦急异常。

这日，四人在一处小道走着，忽地吕宁回头，低声向张义、沈刚、毛霸说道："你们快随咱去瞧瞧，前面树林左边，似乎有好些人影儿，怕是打闷棍的朋友。咱们当去应会一声，省得自家人闹到自家人头上来。"

三人也不答应他的话，大家早蹿前几步，由毛霸高声喝问道："林子那边，可是咱们合字路的朋友？是朋友，请出来会一会面……"

这句话未曾说完，早听得有两人咋破喉咙，回说："是咱们两弟兄。"

大家听说话是苗奎、花明的声音，暗想：他们两个被散脚道士骗到北方去，躲避凶灾，怎么却到了这里？却见林子里跳出个武士模样白净面皮的人，手里握着一块肉的大刀，大家看了他，疑惑是苗奎、花明的朋友，便远远向他拱了拱手。

那人急翻转面皮，向吕宁四人喝道："死囚，你们想干什么？不走，须吃老子一刀杀将过来。"

吕宁赔笑道："老兄既是碎虎胆、穿山甲的朋友，同是自家人，且请他们两个出来回话。"

那人一声口哨，林子那里又跑出十来个凶神恶煞的汉子，每人手里都泼着一柄朴刀，却没有苗奎、花明在内，看他们都一字摆开，像似等待厮杀的样子。

沈刚大叫道："苗、花两位在哪里？有你们出来回话，大家就不用懊恼了。"

接着又听苗奎、花明的声音说："好兄弟，快救咱们一救。"

吕宁同张义笑道："奇呀！"

重又向那白净面皮的人喝问道："入娘贼，你把咱们两位阿哥放出来，咱们便是个桥不管桥，路不管路；若敢在老虎面前放枪，惹老子们光起火来，你才知道老子们的厉害。"

那人又是一声口哨，众凶徒便掩杀过来，由沈刚、毛霸各舞刀敌住众凶徒，吕宁舞起方天画戟，接住那白净面皮的人厮杀。张义却兜转到林子那面，且去解救苗奎、花明两个。众凶徒虽皆有一手的本领，怎挡得沈刚、毛霸两把单刀，使得如风似云、如闪似电、如花似雪，刀过处纷纷人头落地。有几个胆小的凶徒，见势头不对，一窝蜂向后逃跑，恰被张义从那边见过苗奎、花明，又挥杀过来，将众凶徒杀得血流尸横，没有逃脱一个。

倒是那瓜子净皮的汉子，一把刀使得很出色当行，他的刀用了十多年，江湖上多有知道他这刀的厉害，稍为轻弱些的兵器，莫不登时两段，刀重有十五斤，那汉子使起来，刀光闪烁，耀得人两眼发花。他觉得吕宁的一支方天画戟是纯钢打成的，这种很坚锐、很厉害的兵器，在吕宁又使得出神入化，但自信他的能耐同吕宁捉对儿厮杀下去，难免吕宁终要在他手下吃亏。虽看他手下的党羽被沈刚、毛霸两个杀了个落花流水，大家又围拢过来，围杀他一个，但他心中并不害怕。酣战了半个时辰，他才卖了个门户，闪身退后五步，向吕宁四人喝了声："住手，咱们有缘再会吧!"说着,回身撒脚便跑。

吕宁看他跑的脚步风一般快,两脚经过之处,不起灰尘,料知他的本领是不易追赶上的。

大家走到林子那边,看苗奎、花明两个都睡在下面,口能言,目能视,耳能听,只是身体不能动弹,旁边放着双副镣铐。吕宁知是被奸人点中了他们的腿弯穴,这种点穴的功夫,吕宁也是个内行,立刻便将他救转过来。

张义道:"亏得吕阿哥有这一手的本领,像咱方才见苗、花两位阿哥,只拍着大腿,没有个解救方法,看众凶徒都宰杀了,只又得向前同来混战一场。可惜吃那东西跑了,将来冤家相见,仍是免不了的一场恶斗。"

苗奎道:"好厉害,几乎不出岔儿,要死在这囚攘的手里。咱们从十虎村动身到北方去,躲避凶星,刚走两天,出了本县管辖地界,即同这囚攘碰了个面。他见了咱们两个,便迎面笑着说道:'这不是碎虎胆、穿山甲两位哥子吗?可知做兄弟的时刻想念哥们两个。近年兄弟在外面混,很交结不少的朋友,说到江湖上的义气,还算哥们是两个大拇指。前几天回来,风传哥们的山寨反出了岔儿,被那狗仗人势的官兵剿灭了,只不知哥们的下落。兄弟直急得暴跳如雷,又没处寻找,难得两位阿哥前来,还该到兄弟家中去避一避风头才好。'"

吕宁道:"照这样讲起来,你们还是熟面呢。"

苗奎道:"自然是熟面,还是咱们当初起身跪倒,在神前沥血的好朋友呢!那东西姓孙,名天雄,十年前原没有怎样了不得的本领,但性格却是极好。不信他近十年来,流落在什么地方,本领学好了,他的性格倒变得坏了。他把咱们领到他家去,劝咱们喝醉了酒,点中了咱们腿弯穴,便去禀报那地方的县官。

"那县官因咱们是有名的大盗,没有封知县那种担当、那种权势,不能便宜行事将咱们就地斩决了,同那东西商量,欲移解封知县归案究办,又怕封知县要攘夺他的功劳,即赏了那东西二百两银子,准许将来保荐他做本县的守备。一面挑拨十来个狗差,备了文书,着那东西带领差人,都化装随从,尽日往上解去。路上有人盘查,却有两封公文,便献那假公文出来,说是捉了两个强盗,一个唤作周明,一个唤作许小虎,镣铐虽不常加上,但每过关防地方,必定上起来,遮蔽耳目。他们的意思,第一层固然是怕封知县攘夺了这件功劳;第二层却遮蔽我们合字路朋友的耳目，平安解到省垣，这固是他们极大的功绩。就是半路上出了岔儿，没有行文到省，也绝不致受上峰怪罪下来。这主意也想绝了。

"最可恨的，就是孙天雄那个东西，他还将这意思告诉咱们，他说：'两位阿哥，就算兄弟此次饶了你们，你们下次总是要犯案，也会砍头的。你当初很想兄弟有个出头日子，不想这时候却在两位阿哥身上寻得个出头，哥们那时期望我的志愿，我要借哥们这两颗头一用，哥们义气为重，谅还不至爱惜两个不要紧的头，落得给兄弟撑着一分局面。'

"我听这东西说出无礼的话，我的心脏都气破了，不想世界上所称好朋好友的，未尝没有孙天雄一辈人，那东西倒可做他们的现身榜样。我同花二弟到北方去躲避凶星，不想散脚道人真是个活神仙，便要北行去躲避凶星，还依然免不了这一场风险。不是那东西因为天气炎热，在林子那边乘凉，恰好遇见哥弟们前来，这性命真个要断送他手里了。"

吕宁四人听了，方才恍然明白。

吕宁道："苗阿哥休说那散脚道士是个活神仙，谁知那东西不怀好意。"

花明扭头道："奇呀！哥怎说散脚道人不怀

好意？"

吕宁便将散脚道人那夜使着幻术，劫去小娥的事情向苗奎、花明说了，并说："看他是飞闪向东去的，咱们只得一路向东踩缉他，追求苗阿嫂的下落。"

苗奎大叫道："咱们两个饭桶，好像那时候是糊涂虫钻到脑子里去，竟把那东西当作个活神仙，吃他骗去老婆，要被别人笑话。这地方是咱们合字路朋友出没所在，绝少行人踪迹，这十来具死尸，且不用去掩埋，自有乌鸦、黄犬拖去充饥。咱们快行，第一要追救小娥，第二此去要打听邢舍亲的消息。"

众人起身走了三五里路，仍然绕着小道走。苗奎忽向吕宁说道："咱同花阿弟的家伙都落在孙天雄那厮家里，你们有佩刀，不妨给咱们压手，这家伙总不如两柄斧头砍得顺手，有它也好在路上杀人。"

吕宁便同张义各解下一把刀子，递给苗奎、花明佩好，大家仍然向前走着。不防这个当儿，远见有许多彪形大汉，手里都执着明晃晃的刀子，随风呼哨，一路飞奔前来，好生凶猛。苗奎六人猜想这些人当是孙天雄领来捞本的，大家都握着兵器，摆开身段，等待着前来厮杀。看内中有个彪形大汉，早跳得近前，将他们望了望，喝问道："你们这干鸟人里，可有些老虎没有？"

苗奎道："老虎倒有好几个，只不知你问的是哪个老虎？"

那大汉道："咱问的笑面虎吕宁、赤面虎张义、矮脚虎沈刚、白额虎毛霸便是。"

苗奎点点头说："你们找这几个老虎待怎么样？"

那大汉便向后面的一众汉子招着手，喝了声："来！来！"

众人也就一拥而上。

欲知后事如何，且俟十三回中再续。

第十三回

神眼彪半路遇苗奎
孙天雄客邸见邱豹

话说苗奎等一众英雄，看那彪形大汉招呼他的党羽一拥而来，都现出哈天扑地的笑容，像似要寻找的人已经找到了的样子，并非含有恶意，要来拼斗一场。

当由吕宁向他们说道："且住，你们找的笑面虎吕宁、赤面虎张义、矮脚虎沈刚、白额虎毛霸，不错，咱要问你们，当初可曾会见过这几只虎没有？"

那大汉笑道："要是会见过的，就不用多问了。"

吕宁说："都在这里，你们看是怎样对付？"

那大汉听完这话，向他随来的党羽使了个眼色，大家更不怠慢，各自掷下大刀，向苗奎六人扑翻身躯剪拂（江湖上人下拜谓之剪拂）。

花明叫道："咱们需要仔细，看这厮贼头贼脑，怕不是咱们同样的路数，要谨记苗、花两位阿哥，被孙天雄陷害得几乎要死，没的咱们再吃这厮骗了，被人家笑话。"

那大汉领着众人起身说道："众位爷想是认不得晚辈了，若提起敝家师的大名，都还晓得。敝家师是牛家集人，姓牛，单名是个镇字，同辈中人都呼他老人家牛二铁锤。"

苗奎听他说到这里，便向他笑道："孩子，你是牛二铁锤的徒弟吗？你叫什么？"

那大汉道："晚辈贱姓是袁，双名寿山，绰号唤作神眼彪。这些同来的人都是晚辈的师兄弟。"

苗奎哈哈笑道："你的名儿，咱们也有知道的，你师父曾称赞你，也使得好一把单刀，只听说你三年以来，都在外省地方做买卖，你们这是打从哪里来的？你师父一向可好？"

袁寿山听到这里，不由洒下几点英雄泪来，未开言喉咙里已咽塞住了。

苗奎等人都齐声讶道："你师父敢是死掉了吗？"

寿山哽咽道："且慢，晚辈眼生得很，要请各位师叔使晚辈得识尊颜，晚辈才好向各位师叔面前诉苦。"

苗奎焦躁道："你就先说老牛有没有死，有得你认清咱们的时候。也罢，这孩子不愧接续老牛一路香火，咱就先给你引见了吧。喏喏喏，这是笑面虎，这是赤面虎，这是矮脚虎，这是白额虎，这是穿山甲花老爷花明。咱要算你师父第一个好朋友，他都呼咱老苗。"

袁寿山道："是什么'苗'字？"

苗奎笑道："这孩子太啰唣了。那个'苗'字，不是'猫儿'的'猫'字，大一笔，小一笔，写起来有些像个'苗'字；咱的名儿，'大'字头下加上两个'土'，这是一个'奎'字。孩子，你认得这个'奎'字吗？"

袁寿山道："是了，你老的大名，在江湖上没有个不知道的。晚辈在师门时候，只恨无缘得拜识熊耳山上几尊大佛，以后东飘西荡，少在敝家师跟前候安，更无缘得同众位老仁叔相会一面。难得在这地方，给晚辈寻到了，真是个造化。"

苗奎道："你是几时回牛家集的？"

袁寿山道："晚辈回牛家集已有四天了。"

苗奎道："看你说话的神气，都是这样悲切切酸刺刺的，你师父究竟是怎么样的？果是死掉了吗？"

袁寿山洒泪道："死掉倒也罢了。"

旋说旋将他师父如何因有个柳柱，同邱豹在落马镇道上火并，伤了性命；后来狗头虎郭方、扑天虎朱旺，如何听得牛家集人传说，猜定那柳柱便是苗奎的内弟邢柱，同牛家集人到落马镇去给他师父报仇，打听邢柱的消息，被邱豹那厮结果了性命；如何秃爪虎熊超、过山虎左雄、金毛虎史定国、披发虎胡平，又到牛家集上，纠合一干人等，同邱豹拼个鱼死网破，却被邱豹那里有个散脚道士，是怎样的衣装，怎样的面貌，如何的身材，多大的年纪，不知这恶道用了什么邪法，就这么如何使四只大虫中了他的暗算，都丧死在落马镇上，有人在那里打听，听得邱豹那厮如何被史定国濒死时候，砍掉他一只臂膊，那厮虽有冲天的本领，也成了个废人了；如何牛家集人都畏怯那散脚道士的厉害，又没人帮助，就不敢兴师动众，再到落马镇去，给他师父及熊超一干人等报仇，借此探明邢柱生死的消息，子午卯酉，哭说了一遍道："其时晚辈从外省回来，听到这样消息，只急得双脚齐跳，即同一众的师兄弟，准备由他们领路，由小道绕到十虎村去，向众位师叔请命。不想在这地方同苗仁叔、花仁叔及十虎村上四位师叔，不约而同碰了个面，这总是已死的众位师叔同我师父的在天之灵暗中默佑。不知众位师叔是怎样也走到这里来的？"

苗奎、吕宁等一众英雄听他这话，正说不尽的无限愤苦与悲哀。于是各人又将所经过的情形，并同小娥被劫的事实，如何要寻找散脚道人，打探邢柱兄妹的消息，轮流吐诉衷曲，子午卯酉，向寿山滔滔说了半天，才知散脚道士就是骗劫鲁小娥的一个散脚道人。此番到得落马镇去，不为散脚道人的幻术迷惑，凭他们这七筹好汉，总该给已死的众位英雄报仇，总该探出邢柱兄妹的消息。

一路刚到牛家集左近的地方，袁寿山便请苗奎、吕宁等一众英雄到集中少歇。

沈刚道："你师父若还活着，咱们到他那地方，你兄我弟，总该斗三杯酒，亲乐一阵。只可叹牛家集还是个牛家集，却少了你师父一人，咱们很不快活，还是不去的为是。"

毛霸道："胖子若活着，咱们到他那里吃一杯茶，也是写意的。如今哪有这心情到牛家集去，看着那鬼怨神愁的惨惨冤气。"

吕宁、张义都齐声说道："咱们也是个不愿去，就在这地方撮土为香，和泪当酒，哭祭咱们牛阿哥，也不枉好朋友相识一场。"

花明道："不去倒也罢了，省得在那里招摇耳目，使落马镇的眼线得了消息。他们有了准备，怕咱们到落马镇去，给众位哥弟报仇，探听苗阿嫂和邢公子的消息，事情就很有些辣手。"

苗奎大叫道："这是哪里的话？咱们虽参透那鸟道的法术，也只像走江湖卖解的朋友变的戏法，那种戏法，未必便能再迷惑咱们，伤害咱们的性命。但那鸟道还仗着他的鸟法，未必便为咱们窥破，逃走是不会有的，即令他们有了防备，落马镇又不是铁打铜浇的落马镇，怎挡得咱们这七筹好汉？这一层何消虑得。牛阿哥虽然死了，他在泉下，必然含笑迎接咱们前去，咱们若因为人在便去，人死便一步撤开，必使牛阿哥泉下冷落不安。咱们不要迟疑，且到集上去哭一回，也哭个痛快。"

花明众人都知苗奎平时的性格，谁也不敢违拗他，袁寿山先派令几个弟兄，去通报集中的同道朋友，苗奎便在先引路，领着这一大群的人，参伍错综，向大路驰去。一直赶到傍晚时分，那牛家集的村庄树木已一闪一闪地露在面前,集上早啸聚了许多人,迎接上来。苗奎等一众英雄先到牛二铁锤灵位之前,号哭了一场,然后到他茶馆里去,见是双开间一幢门面房子,有许多赌徒呼卢喝雉,团拢在一处赌钱。大家见了苗奎等一干英雄,都是问过大名的,都赶来殷勤相见。

苗奎问那一班赌徒当中,也有两个是牛二铁锤的徒孙,口里虽不便诉说什么,心里却暗暗叹息:这两个东西,这样追欢作乐,不念他师祖的冤苦与悲哀,无怪邱豹胆敢下胖子的手,没有半点儿畏忌。看这两个东西,也掺入胖子的门下,叫他死后都损失了豪杰的光彩。

话休烦絮,当晚,袁寿山备办了好些大鱼大肉,大家狂饮饱啖了一阵,由袁寿山在集上又挑选了二十名兄弟,连苗奎等共四十余人,各人持枪荷刀,苗奎也在集上拣选两柄开山大斧,只没有拣得个顺手的。

袁寿山道:"先严在时,也会耍着这样家伙,晚辈取来给你老人家瞧瞧,究竟是中用不中用。"

苗奎点点头。

袁寿山去了,接着花明也到苗奎跟前嚷叫,说:"这里的朴刀太不中用,咱手中一使劲就要断了。寿山这孩子在哪里？叫他连夜到铁铺打一柄好的来。"

苗奎道："连夜打你合用的刀，怕是来不及了，可惜你当初那把雁翎刀送给了邢公子，这刀落在阌乡县营，白没了也甚可惜。"

约延了一个时辰，袁寿山已回来了，叫两个人扛着一对儿斧头，放在那里。

苗奎把那一对儿斧头在手中试了试，锋利快锐，重约有八十多斤，看来是很合用的一对儿家伙，心里好不快乐。

袁寿山且不同苗奎搭话，却向花明笑道："晚辈也带来一把刀，这把刀是一个逃军从军营里盗窃出来，晚辈只花了百两银子，便买得他这把好快的刀，就此献上仁叔。"

旋说旋从身边取出一把雁翎刀来，交给了花明。

花明看那雁翎刀，刀柄上嵌着两颗明珠，闪闪烁烁放出宝光来。那刀的形式大小，同当初赠送邢柱，落在阌乡县营里的一把雁翎刀并无两样，分明是还璧归赵，只白费了袁寿山的百两银子。花明大喜，便将这话向袁寿山说了。

袁寿山想，这也是江湖上一件很有趣味的故事，也向花明笑道："这刀是百炼钢和镔铁打成的，仁叔便有天大的本领，断不致一使劲便断了呢。"

花明也笑了笑。

寿山转向苗奎问道："苗仁叔看这一对儿家伙，是怎么样？"

苗奎道："孩子，你老子用的家伙，咱看它还不中用吗？谢谢你。"

袁寿山道："仁叔说哪里话来？只惜先严弃世得早，半生的英名在这两柄斧头上，也挣了不少的光彩。晚辈忝在师门五年，究竟资质有限，打熬不出多么大的气力，只使不动这样家伙，看来咱家的武艺已是一代不如一代了。晚辈将这两柄斧头送给老仁叔，但愿你老在这两柄斧头上大发利市，那么先严虽死犹生，所以晚辈只将老仁叔当是重生的父母。"

苗奎听了，哈哈笑道："孩子肯虚心待咱，将来的造就绝对不小。咱也不讲客气，以后只将你当作咱的徒弟一样看待，咱这年纪很轻，如何能做得你的干老子？"

寿山便向苗奎又叩几个头说："徒弟也只在这里拜师父了。"

苗奎忙将他一把拉起。袁寿山又向花明、吕宁众人各拜了数拜。

时已三更向后，各人都扎束了一番，准备由小路出发到落马镇去。当由苗奎在前，花明、吕宁、张义、沈刚、毛霸、袁寿山六人附后，牛家集的一干小朋友也紧紧在后面跟随，一路好不威武，直奔落马镇来，且按下慢表。

　　单说孙天雄那日因战不过吕宁、张义、沈刚、毛霸四筹好汉，卖了个门户，撒腿跑有二十来里的路，心想：苗奎、花明已经被一干人马掠劫去了，别样不打紧，单被敌人杀了十数名公差，觉得这家乡地方便栖身不住，想起落马镇邱豹，也算他们同道的朋友，预备到落马镇去投邱豹，准许在他那里，也听坐一把交椅。主意打定了，便一路向落马镇进发。

　　刚到了落马镇左近地方，天色已近四更，在一处树荫下打睡片时，看东方已吐出鱼肚白的颜色，便到落马镇上，一脚跨进邱家客店，问邱二："铁杖在家吗？"

　　客店里人见他那种气派，疑惑他是寻仇而来，便回说是不在家。

　　孙天雄笑了笑，便拣了张台子，叫茶房泡壶茶上来，只叫了一会儿，不见人送上茶来。天雄一眼忽看客店里的茶房都溜向后面去了，心里知道他们的路数，不由高声叫道："怎样？难道这客店里人都死尽了吗？老子吃了茶，没有不给钱的，你将老子耽搁在这里，看老子性起，在你们这落马地方开一开杀戒，你们才知道老子孙天雄的厉害。"

这话才说完了，有人应了声："来！"

却是一个短衣窄袖的汉子出来，向天雄打着招呼说道："这些瞎了眼的东西，看你老这样的英雄，好不威武，都吓得溜向敝家师房里，雷一报，雨一报，说了多少不识窍的话。敝家师在忽听你老的大名，即挥手叫小子将你老请到房里好谈心，千万乞你老不用见怪。"

孙天雄嚷道："江湖上好汉惜好汉，咱老子到他们那里，没有不开诚相见。看这邱二铁杖，左右也不过是个强盗罢了，听说咱老子来了，还不赶一步出来迎接。像他这样大刺刺的，居然支配咱老子起来，看咱有这本领，到他房里，砍去他的脑袋，他才知道天有多高，地有多厚。"

那汉子看孙天雄这样情形，真是反客为主，猖狂得不成样子，却因他名气太大，也不敢奈何他，只得忍气吞声，敷衍说道："平时敝家师提起你老的大名，已知道你老是个大英雄、大豪杰，如何他敢在你老面前放肆？只因他老人家近来受了重伤，被人砍去一条膀子，不能赶出来迎接大驾，一切要望你老包涵。"

孙天雄笑起来，指着他说道："砍头的，你怎不早说？咱是投你师父这里入伙的，不想你们客店里人大略被黑虎咬了，见了黑狼也是害怕的。"

于是随那人同进邱豹房中，两个相见，各诉倾慕的衷曲。天雄知道邱豹的近状，邱豹也听天雄说出入伙的缘由，接着天雄又听邱豹说："有个散脚道士，本领、法术都很高强，因造子午阴阳剑，夜间逃走了两个祭剑的男女，未知道士此行，能否将两个男女赶得回来。"

正说到这里，忽然镇外的眼线匆匆跑到邱豹房里，报告说："牛家集又兴师动众，从小道抄进落马镇来了。"

欲知后事如何，且俟十四回再续。

第十四回

碎虎胆寻仇斗怪侠
癞道人飞剑斩天雄

话说邱豹听镇外的眼线前来报告，说牛家集人又兴师动众，打从小道杀到镇中来了。

邱豹焦躁道："怎样好？怎样好？偏是净道长今早追赶两个祭剑男女，没有回来，咱又被史定国断了这一条右膊，伤势尚未痊愈。镇中虽有数十筹好汉，但是些花拳绣腿，恐怕胜不了牛家集人。讲不起，要请孙阿哥帮一帮忙，若吃那厮们鸟乱到客店里来，咱这条性命就保不住了。"

孙天雄道："老哥休得长他人志气，灭自家的威风，有咱在落马镇，任凭牛家集来多少人，还不是赶来送死？大哥且慢焦躁，咱便去截杀一阵，大哥只在这里，耳听好消息是了。"

邱豹道："邱某想阿哥帮忙，是怕牛家集人分头鸟乱到客店里来，阿哥请在这里镇守那来的一干大虫，自有孩子们出去抵挡。"

天雄连声说："是，使得。"

早有客店里人等叽溜溜呐起数声呼哨，啸集五十余人，出来迎敌，一字式摆成队伍，各人都握刀挺枪，显出杀气腾腾的样子。

即见斜刺里抢上三四十条汉子，竟似飞来三四十只大虫，当先一个大汉，手中挥着一对儿开山大斧，向落马镇的人高声嚷道："熊耳山斧祖宗苗老爷来了，后面便是花明花老爷、十虎村笑面虎吕老爷、赤面虎张老爷、矮脚虎沈老爷、白额虎毛老爷、神眼彪袁少爷，快叫那散脚鸟道同邱二铁杖前来，在斧祖宗跟前受死。像你们这些东西，真个豆腐进厨房，不是老爷们用刀菜。"

落马镇一干贼人听了苗奎众人的大名，都吓得你望着我，我望着你，从前那般雄赳赳、气昂昂的样子，一些也没有了。

大家延挨片刻，看苗奎等也摆成一字式的阵势，预备要冲杀过来，一个个脚底上像似揸了油似的，争先抢后，溜回邱豹店里报告。

邱豹一听不好，便叫几个亲近的徒弟，将他扛入地室，没有法想，转请孙天雄出来迎敌。

孙天雄料自己的本领，若和苗奎一干人等捉对儿厮杀，料想逃不了他的毒手。不过他们同来的七筹好汉若使兵对兵打，将对将杀，叫他一个人怎抵得七个？不由心里想出一个计较，转身出来，看苗奎等已领着花明这一大群人，要杀进客店来了，孙天雄便指挥落马镇的贼党，在客店前后散布，即向苗奎高叫一声："苗大哥，原来你也到这里了。"

苗奎见孙天雄在客店大门口把守着，仇人相见，禁不住眼红目赤起来，口里直嚷着说道："咱们不先剪除这个卖友的贼，如何咽得下这个鸟气？"

众人也就跟着一拥而上。

孙天雄忙举起他手里一块肉的大刀，喝了声："且慢！"

苗奎喝问："怎么？"

天雄高声叫道："苗大哥，你可是个好汉？"

苗奎喝道："老爷不是个好汉，难道你这卖友的黑心贼，生得那样贼眼、贼口、贼骨头，倒称得起是个好汉吗？"

天雄笑道:"大哥要做好汉,咱就同你谈谈做好汉的道理。向来江湖上好汉和人独斗,也有兵对兵,也有将对将,兵对兵有众寡相杀,将对将都是捉对儿厮打。如果大哥不做好汉,要仗着人多势大,七个人杀咱一个,也得先向咱说个明白,咱就犯不着要同你们动武了。这是什么话呢?因为大哥这七个人杀咱一个,绝非是好汉,既不是好汉,休说咱杀败你们七个,便杀死七十、七百、七千、七万,也值不得什么。"

苗奎大怒道:"同好汉才有好汉的道理可讲,像你这样黑心卖友的贼,还讲说到什么好汉的道理?"说着,便一声呐喊,说,"你这贼娘养下来的贼骨头,想逃走的,绝不是好汉。"当下便要掩杀过来。

孙天雄虎吼一声,如同半空响了个大雷,就势一闪身,蹿到了街心,早被苗奎、花明接住,双斧一刀,只在孙天雄前后左右地方舞动。吕宁也挺起方天画戟,帮助苗奎、花明三战天雄。这里张义、沈刚、毛霸、袁寿山四筹好汉,料想天雄的刀法虽然厉害,有他们两把开山斧、一把雁翎刀、一支方天画戟,已足够对付这东西了,便领着众人抢进店中,指东杀西,声声要找散脚道人、邱二铁杖两人了账。

众人在出发的时候，曾听吕宁、张义说过，散脚道人的法术并不是真法术，不过是一种幻象，譬如他剪了一大包纸人子，他在那里念咒捏诀，要使这纸人子幻出许多兵将来，在寻常人眼中看来，自然是兵将，不是纸人子，其实有心志坚强的人，始终认定这兵将是纸人，就在这动念间，仍是纸人，并非兵将。又如他要将张三幻成李四的身像，在寻常人眼中看来，自然是李四，不是张三，其实有意志坚强的人始终认定这不是李四，也在这动念间，仍是张三，不是李四。又如水火刀箭是有形的，任凭散脚道人使用水火刀箭的幻象，只要你认明这不是真水，不是真刀，不是真箭，也就在这动念间，水浪不兴火焰灭，刀箭也顿时不见。这种幻象，古来已有，若不为幻象所迷惑，误识水火刀箭的本来，虽有百千散脚道人，也只当作百千蝼蚁。

众人曾听吕宁、张义说出这样话，并且是从他们两人阅历得来，所以这番众人听从张、沈、毛、袁四位英雄指挥呐喊，不由人人奋勇，个个当先，如入无人之境一样，在客店里杀了个痛快，登时尸骸狼藉，血肉迸飞。落马镇的贼党死伤甚夥，侥幸溜出的，只有四五人，那一阵号叫的声浪，也同这一阵呐喊的腔调相仿佛。

外面孙天雄模模糊糊地虽听得客店里叫号呐喊之声不绝,但他胸中全不害怕。那时苗奎一对儿开山大斧,花明一柄雁翎刀,吕宁一支方天画戟,在他的前后左右,兔起鹘落,不可端倪,虎跃龙拿,大显身手,只觉寒光紧逼,冷气侵人。虽然天雄没有还手的空隙,却也有招架的功夫,只得抖擞神威,将那把刀前挡后搠,左拽右翻,上起下落。刀风泼浪,画戟钻花,苗奎的开山大斧有时碰到天雄的刀锋,铿然作响,天雄的刀没有被苗奎的斧头砍坏,由此就知天雄恃着身使臂、臂使指的气力,直运到刀上,这正是天雄看家的功夫,却也非同小可。

四人战到十分起劲的时候,通无人影,只见数道寒光,竟似闪电凌风,流星坠月,只辨不清刀、斧、戟。

正在这开不了交的时候,忽听得有人喝了声:"住手!"

这声音响彻云霄,震得他们四人的耳朵里,只有些呜呜地叫,不由都放了个门户。天雄恰同苗奎、花明、吕宁站了个对面。

那人是个道人模样,瘌痢头上也光起来。那人挤得近前，便向他们问道："你们是哪一路的朋友？同在江湖上混，为什么要这样同气相残，舍命地龙争虎斗？"

天雄看见是个道士，他本来没同散脚道人会过，也不知散脚道人是不是个癞痢头，只曾听邱豹说散脚道人法术高强，本领了得，因为追赶两个祭剑的男女尚未回来，也没有这工夫问明散脚道人是多大的年纪，哪一方的口音。如今见到这个癞痢头道人前来，却误会了，以为就是散脚道人回来，认不得谁是落马镇人，不知帮助哪一方厮杀，故而喝令双方住手，待他问明了，还不是帮助落马镇人，好给苗奎三人勾去了江湖上一本糊涂账。

孙天雄胸中是这样的计较，抢先向癞痢头道人笑道："兄弟是邱二铁杖的朋友，今早才报来入伙的。至于这干鸟人同兄弟厮杀，兄弟孤身一人，若不舍命同他们拼个死活，他们又不肯甘服，难得道长到此，一切均听道长处置了。"

在天雄说这话的意思，以为既表明是邱二铁杖的朋友，想他已心心相印，用不着怎样多说了。岂知这癞痢头道人原是太原绵山狄龙骏的徒弟，柳星胆、方光燮的师兄，前回曾叙明这道人在落马镇道上杀了散脚道士，救脱邢柱兄妹的性命，转到落马镇时，听落马镇一阵阵喊杀的声音，好不厉害，知道已有人到落马镇中厮杀了，当将邢柱兄妹按落在一座树林里面，便到落马镇来。在邱家客店，看三个汉子接杀一个，虽然胜败未分，那一个汉子的刀法若由这三个汉子挑出一个来，同他捉对儿厮杀，委实就不是他的对手。

癞痢头道人看他们杀得很起劲，不由暗暗喝一声彩。他来的意思，原打算扑灭落马镇人的凶焰，为江湖上除一巨害，只不知谁一方面是落马镇人，便喝令一声住手，待问明才好帮忙动武，恰好天雄抢先告诉了他。

他初听天雄说话的口音，尚疑惑他不是落马镇的羽党，及听天雄的话说完了，心中也就有了着落，便向苗奎三人说道："贫道看你们三个人杀他一个，他死了在泉下，并不甘服。这种东西，非用我个人动手处置不可。你们大家且站一边，只好给贫道壮一壮声威。"旋说旋用左手从囊里拿出一颗圆笃笃的人头。

苗奎、花明、吕宁三人都认得这是散脚道人的人头，好生惊异，勉强退立一边。那癞痢头道人不待天雄回话，已把那人头向天雄一扬，说："你要贫道处置你，这人头便是你的榜样。"

孙天雄看不是路数，一声未吼出来，那人头已向他迎面飞击，天雄忙用刀抵挡，再看那人头又到癞痢头道人手中了。癞痢头道人在左手提着人头，右手拔出宝剑。

孙天雄已知他是个劲敌，忙把大刀使了个三花盖顶，护住全身，倏又换了个门径，猛地矮下身躯，就此使个铁牛耕地的身法，那把刀向癞痢头道人下路攻来。

癞痢头道人哈哈一笑，说也奇怪，在他这一笑时候，天雄的刀看是砍到他的腿上，忽然听得那笑声已在天雄背后了，那把刀砍了个空。天雄只急得头上火星迸冒，没奈何，急转身躯，将刀拨着，又换了门路，只用守势，不用攻势，将那刀使得同游龙飞隼一般，又将全身遮住。看癞痢头道人，只站在面前，也不进攻，也不退后，握着宝剑，两眼神光奕奕，只向他注视着，好像等待他一刀再捌进来，趁势变换身法，好抽空挥剑取他的性命。

孙天雄心想，咱偏不上他这当，便照着他的样子，也就握刀在手，两眼只注视他，也好像等待他一剑攻得前来，趁势变换身法，或可侥幸挥刀能取他的性命。

两下与斗鸡相似，对望了一阵，孙天雄忽然想了个计较，一开口喷射出许多涎沫，直向癞痢头道人两眼喷来。癞痢头道人仍将两眼睁得同星光相似，那涎沫喷射到两眼之中、面孔之上，比铁砂子还厉害。癞痢头道人两眼瞬也不瞬，面孔动也不动，哪里明白他正在那里运精、运气、运神，精、气、神运注全身，有了十足的火候，便是刀枪都不能伤害他呢。把精、气、神一运到剑锋上，忽然喝一声："着！"这声音又同霹雳相似。

苗奎、花明、吕宁在一旁听了，都暗暗称奇道怪起来。便是天雄听他这个"着"字喝出来，一闪刀，便见他刀光拨了个很大的圆圈，接着又见一道白光从剑锋上射出来，竟似流星一样的快。白光碰到刀光，听得当啷啷一声响，天雄便叫了声："哇呀呀！"蓦地向后面倒，那把刀也扑地掼在一旁，余劲未衰，还在那里跃跃跳动。

苗奎、花明、吕宁三人看得分明，天雄的前心鲜血喷射出来，染红了一片干净土，剑光、刀光都不见了，癞痢头道人的剑已经收佩好，天雄的刀上也被他的剑光钻了个透明的窟窿，早知这道人的神剑厉害，本领自非寻常所及，争欲向前询问他的来历。

里面张义、沈刚、毛霸、袁寿山四人已带领牛家集的一众羽党，走出店门来了。原来他们在店里挥杀了一会儿，曾捞住一个贼党，逼问邱豹现在什么地方及邢柱兄妹两人的消息。那人被逼不过，从实说了，由他在前引路，大家进了地窖，毫不费力地将邱豹从一间房里拖拽出来，先砍去他两只腿，然后又砍掉他那一只膀子。

　　沈刚和史定国最是一对儿好朋友，因定国濒死的时候，虽断了邱豹一只膀臂，然终逃不过邱豹的毒手，气恼得更厉害，用尖刀挑开邱豹的胸前衣服，露出了棱棱癫骨几根，瘪瘪精皮一片，便随手在他胸前只一划，把他的心肝五脏都拖泄出来。大家才呐一声哨，出了地窖，便将那贼党也杀了。只可惜没有捉得散脚道人，救脱邢柱兄妹的性命，都以为这是两件最憾恨的事。

　　出了店门，已见孙天雄僵卧在血泊里，苗奎、花明、吕宁三筹好汉都围着一个癞痢头道人举手致谢，见他们出来，苗奎便给他们引见过癞痢头道人。彼此约略谈说一番，众英雄才想到这癞痢头道人也算武林中怀抱绝技，一个了不得的人物，不但用神剑杀了天雄，削斩散脚道人的首级，并且因此救脱邢柱兄妹的性命。在众人心里上说来，总看这瘌痢头道人算是散脚道人、天雄的对头星，总算邢柱兄妹的救命主。而在瘌痢头道人，却没有丝毫居功的神气，当领着苗奎一干人等，出了落马镇，将他们领到那座树林里面一看，却不见邢柱的踪迹，小娥却在那林子里暗暗窥探。

大家都不由暗吃一惊，便是瘌痢头道人，也很为邢柱暗捏一把冷汗。

欲知后事如何，且俟第十五回再续。

第十五回

笑面虎荒山败贼伙
锦毛豹星夜会强人

话说瘌痢头道人领着苗奎一干人等到树林里看时，只见小娥在里面暗暗窥探，却不见邢柱的踪迹。

当由苗奎见过小娥，第一句便问道："大舅在哪里？"

小娥看见苗奎，喜得眼泪都流出来了，因这时候不是他们夫妻俩诉冤的时候，只得回道："我兄长因见落马镇上有好几个人在这条路上拼命地跑，好像怕后面有人追来的样子，我兄长打算这道长已在落马镇上得了手，逼得这几个贼党望风而逃。内中有个贼党在地窖中巡守过的，和我们兄妹是个熟面，那东西的脾气算是个浑蛋。我兄长看他们也是只手空拳，欲凭着他点点本领，追赶前去，三拳两脚，给他了账。我阻拦了多时，实在阻拦不住，只得放他追赶前去。他跑出树林的时候，那几个贼党已跑过一个村庄了。他直到这时候还未回来，我很有些提心吊胆。"

苗奎听了，不由拍着屁股急道："咱们此来，要救得你们兄妹两个，你放他去追赶那几个囚攮，万一再着了人家的道儿，还了得吗？只恨你这个没有卵子的，害了咱的大舅了。"

小娥听他数落了一阵，不由羞悔交集，面上潆起朵朵的桃花。

这当儿，却听外面牛家集的人，有好几个高声喊道："大家看前面跑来的人是不是邢公子？"

众人走出树林看时，约莫已看有八九分了。及至那人跑得前来，不是邢柱是谁呢？

小娥喜得心里一笑，向邢柱叫道："好宝贝，已回来了，你妹夫把我埋怨个狗血淋头。"

邢柱道："那几个东西太不济事，被我挥动手脚，早押他们到阎罗殿前去了，只兔脱了一个。"

大家在那地方又叙说多时，邢柱才知十虎村十虎已在落马镇死去其六，纵杀了散脚道人及邱豹、孙天雄三个，怎抵偿这六位英雄的性命？一时心酸泪落。

又想到地窖中那个值日的毛福，由张义等听说，已被散脚道人掷入杀人作里宰杀了，尸肉都剁成肉醢，邢柱想到他是自家兄妹的恩人，竟是这样结局，又不禁怆然泪下如雨，只得暗暗爇着一瓣心香，哀悼他们的阴灵不远。

大凡绿林中人火并打赢了的，固然没话说，便是打输了，休说杀了几十个人，便杀了几千、几万，也没有官司打，强者再图报复，势力软弱些的，多是愿认晦气。便是地方上的官府，听得是他们火并杀了人的消息，没有原告敢到官衙请求申理，也就睁一只眼，闭一只眼，不当作是件命案。所以落马镇这次死伤不少的人，在官府方面，固然没有问题发生，并且著书人也没有这样闲情，多写这样的闲事。话休赘烦。

当时癞痢头道人忽向邢柱重申前议道："散脚已死，落马镇已一鼓歼平，小道的手续差不多已完竣了，请公子即去见我师父要紧。"

邢柱心想：他师父的本领自然大得了不得，但照他的口吻行径看来，他师父是学得几种好的功夫，并不是道法高深之士。我师父和我生父的仇人是个深通道法的，并且他的道法很厉害，不是幻术的作用，须比不得散脚。我要报我师父和我生父的大仇，就非寻找瘇生道长不为功，我总信瘇生道长的道法，须吃得住我师父、我生父仇人的。

心里这一想，不由向癞痢头道人拱手谢道："吴太太和尊师及道长的恩典，邢柱非无人心，岂不欲随道长回去，拜谢不识面的前辈老英雄，稍纾下愚的忧悃？无如邢柱胸中有难言隐痛，对不起吴太太，对不起尊师大人，对不起道长。邢柱恨不得立刻到江苏地方，会见瘇生道长，祸福都在所不计，实在没工夫随道长到绵山去。若是天开眼，使邢柱胸中隐痛蠲除，将来答谢前辈恩典的日子正长。若邢柱再涉风险，不能逃得性命，唯有来世变骡变马，追随尊师的鞭镫，叫邢柱火里火去，水里水去。"

癞痢头道人听了叹道："我师父曾吩咐我，见不见自由你主裁，无论如何也不能勉强。小道这次奉师命前来，早对你声明在先，各做各的事，各尽各的责任，也无所谓报答。邢公子既不愿去见我师父，小道也只得回山复命了。好在将来邢公子终有见我师父的一日。"说罢，也便向邢柱及苗奎等一众英雄拱手作别。

苗奎、邢柱众人才回礼时，癞痢头道人已经转身如飞而去。苗奎等一干英雄还想将他追回来，各说自己倾望之忱，请他寄几句抽心摘胆的话，拜上他的师父。

邢柱却摇手说道："他腿上有两道马甲符，岂是咱们追得上的？"

众人再向前一看，已不见癞痢头道人踪影了。

苗奎埋怨邢柱道："大舅说话得罪了人家，自己还不知道。你这个心太糊涂了，你要学本领，难得有这一条好门路，人家叫你去，你还不去。若是叫咱们去，休说是学武，便得拜识老前辈一番，咱们这一辈子都是快活的。什么瘄道长，这个人在哪里，你怎样寻着他？你有什么隐痛，偏放着现成的门路不走，却又要舍命忘生，要寻那毫无行踪的一个鸟道？就打错了算盘，还是随咱们回去的正经。"

吕宁道："人各有志，苗阿哥且不用阻拦他，他一心一意要寻瘄道长，想是那瘄道长的本领绝不在癞痢头道人师父之下。好在此行已脱离了很重要关隘危险，小弟愿保护他前去，若寻得到瘄道长，兄弟也决意同拜在瘄道长门下，大略一路上再不致发生意外的风险。"

张义道："便是兄弟也愿随邢公子去走一遭，看是咱们可有没有这造化。"

邢柱道:"有二位阿哥伴我同行,这可好极了。适才妹夫责备兄弟的话,兄弟未尝不明白这样道理。兄弟的隐痛,本不敢瞒我妹丈及众位好朋好友,不过怕将这风声漏泄到江湖上人耳中,兄弟这性命真够便不能保全。兄弟一死,没有打紧,以下的事,兄弟就不能明言了,总望妹丈和众朋友原谅兄弟的苦情,放兄弟同吕、张二位阿哥前去为是。"

苗奎道:"要放你们去,这也不难,你得将你的苦情附耳向咱说几句,不叫闷破肚皮。好兄弟,你就附耳过来。"

话才说完了,小娥便向苗奎说道:"他的苦情,连我也只知道一半,你这是何苦来逼我兄长太甚?将来有的你明白时候。"

苗奎听小娥的话也很有道理,只得放邢柱前去,料想前途没有多大危险,有吕宁、张义同行,更是一件很可以放心的事,只得放他们前去。

花明又将那把雁翎刀送与邢柱,并说:"这刀是由袁寿山从阌乡营里一个逃兵身边买来的,二月前原物依然终归故主。"

邢柱拜受了,就此拱手说了一声:"再会!"

苗奎、花明一众英雄便带领牛家集人，又到落马镇上，寻问熊超、左雄、郭方、朱旺、史定国、胡平的尸骨，已没有着落，只得在那里祭奠这已死的众英雄一番。临行时候，放了一把火，将落马镇烧成个一片焦土。又转牛家集，安顿了一番，袁寿山却愿跟随苗奎，不愿在牛家集地方厮混。

不表苗奎、小娥、花明、沈刚、毛霸、袁寿山这一干人回转十虎村上，单说吕宁、张义两位，追随邢柱，一路平安行过了河南境界，这日行到芒砀山下，已是八月下旬的天气。看这芒砀山山路迂回，老树掩映，昔日汉高祖在这山斩过很大的白蛇，千古遗风未泯，而一峰一涧、一丘一壑之间，都显出草莽英雄的色彩。

邢柱在吕宁、张义前面走，看天气将近黄昏，打算到山坡下寻一处人家，借宿一宵。忽然有四个大汉从山谷间走出来，不先不后，距离他们七八丈远近，追踪他们向前走。邢柱也猜疑这四个人不是路数，看他们背上都驮着大褡裢，面目虽看不清，但都是很雄壮、很凶恶的样子。

邢柱便低声向吕宁说道："那四个人不是强盗，要转我们的念头吗？"

吕宁道："这条道上的朋友，和咱们合字路上人物，提起来都还晓得。"

张义道："邢公子的眼睛也有一点儿阅历，这不是四个强盗是什么？但同咱们彼此都有点儿交情可讲，是不妨事的。"

正说到这里，看那四个人要赶近来了，邢柱道："这四个强盗大约同你们合字路人总有情面看，你们何妨出头，去与他们打招呼。他们必然讲交情，免却一番争斗，多一事不如少一事。"

吕宁道："这地方是他们的汛界，强龙不压地头蛇，当然由咱们出头打招呼。"

张义道："这是在江苏地界，咱们才向人家打招呼；若在咱们河南地界，只有人家向咱们打招呼的，咱们没有向人家打过招呼。"

邢柱道："你看他们要到跟前来了。"

说着，急将雁翎刀拔在手里，转过身来。吕宁也按了方天画戟，张义抡着大刀，一字儿站在那里。

那四个大汉刚距离他们有一丈远近，便拽住脚步，也是一字儿摆开。为首的一个向吕宁三人喝道："呔！你们这些死囚，胆敢在我们汛界行走，也该先在我们师父那里打一声招呼。"

吕宁、张义本准备向他们打招呼的,看他出言不逊,不由有些怪恼起来,便由吕宁向他们吆喝道:"锦毛豹这个松香架子,劝他不用搭轻,他凭什么本领,配叫这四个鸟人前来,要咱们先向他打招呼,才准咱们在这条道行走?"

张义道:"若要咱们打招呼,咱们只叫这支画戟、这两把刀子打一声招呼。"

那人听到这里,不由急得暴跳如雷,说:"你们是哪条路上三个死囚?简直要反客为主,蛮横得不成模样。"遂举起手中的朴刀,直向吕宁扑来。

邢柱要向前接战,张义喝了声:"且慢!"便同邢柱站在吕宁后面,看那汉子要扑近吕宁身边。

刀和戟搭上了手,那汉子便叫了声:"好厉害!"这声才了,他手中的朴刀碰着吕宁的画戟,忽喝了声:"且住!"刀已脱手,飞了一丈多高,把虎口都险些震裂了。

吕宁也就在他喝了声"且住"的时候,已擎回画戟,转然笑容满面地向他问道:"不曾伤坏哪里吗?"

那汉子跳起来,指着吕宁高声说道:"你也欺我太甚,我们不是你对手,向你喝了声且住,也算低头服输了。你还要当面嘲笑我,看我去将师父请来,拢共同你们结了总账。"说罢，气冲冲地领着那三个汉子，向斜刺里便跑。

吕宁做梦不打算安慰他的好话，反受他这样辱骂，别的不打紧，惹他去报告锦毛豹，失笑咱们同他孩子们一样见识，咱们只管行路要紧。今夜不用到山村人家歇宿，省得又惹下许多的麻烦。旋想旋同张义、邢柱向山下走去。

且说锦毛豹姓彭，单名是个林字，善使一条蛇矛，很放了不少的徒弟在芒砀山道上，很有点儿声名，并且精通法术。外人都知道他的功夫高强，没有人知道他的法术厉害，同十虎村的一众好汉也算是闻名未曾会面的朋友。

最近彭林因有一件事使他心里懊恼，便有那样的法术，也没有用着。正忍着这一肚皮鸟气，未能发泄，这晚适有他的徒弟奚奇，领着三个人前来说："山上来了三个野男子，要走我们山路，不先到我师父这里打招呼，有个使画戟的本领也看得去，徒弟同他一搭手，便弃了刀退败下来，还受他老大奚落，失笑咱们芒砀山上无人。看那三个都向东山小道山坡下去了。"

彭林得了这样消息，登时大怒，好在他手下的徒弟不少，立刻点齐二三十人，点着灯笼火把，叫奚奇四人在前引路，抄道向东山坡下追来。

再说吕宁、张义、邢柱向山坡下走着，看看时光已晚，天上星色朦胧，路不分明，夜凉如水，风气砭人肌骨。幸得他们多换过夹衣，并不觉怎样冷得难受，只顾三步当作一步向前走。忽听得背后有人发喊起来，吕宁三人回转脸看时，只隔半里路一处山谷间，灯笼火把，照得高高的，有人呼道："逃走的，须不是个汉子。"

吕宁听得这种声浪，转不走了，也叫张义、邢柱拽住脚步，转到一座峻谷上。吕宁便咋破咽喉，说："芒砀山的贼人听了，老爷避你，须不是好汉。你不来同老爷斗个三百合，也算不得好汉子。你们俩要问老爷是谁，老爷乃十虎村的好汉笑面虎吕宁便是。"

这一声吼出来，下面谷中的人听了，仿佛指挥党羽，杀到上面，灯笼火把却一步高似一步了。那些人顷刻到了眼前，恰见为首一条好汉，大面虎须，手里握着一把蛇矛，见了吕宁三人，便吩咐他手下的人，丁字儿摆开。火光之下，仔细向吕宁望了望，不禁掼下蛇矛，失声笑道："这果是笑面虎吗？真个闻名不如会面，会面胜似闻名。"又说："哥们是几时来的？

怎不先给个信儿，到兄弟那里，好使兄弟迎接哥们的大驾？若非老哥说出大名来，这不是自家人又闹到一处来吗？"

吕宁也不由笑道："老哥想是锦毛豹彭大哥了，大哥休见笑兄弟鲁莽，咱们相见，也是不容易的。"说着，又将张义、邢柱向彭林介绍一番。彼此既舒心是自家人，变干戈为揖让，遂一一握手言欢。

岂知邢柱、吕宁、张义三人，在今夜遇见了彭林，他们的性命几乎不能保全。这并非彭林有意陷害他们三人，又设下什么骗局来。

毕竟是怎样一件事，且俟第十六回再续。

第十六回

说往事彭侠留宾
缔恶缘神坛逐鬼

话说彭林和吕宁、张义、邢柱三人,都行过一个握手礼,又向奚奇笑骂道:"平时你们听到合字路上的老前辈,都佩服得了不得,既知是你们几位仁叔前来,如何胆敢顶撞,在你吕仁叔面前无礼,你这是拿着卵蛋去碰石块吗?"

奚奇连忙走过来,向吕宁三人赔礼不迭。吕宁也觉得不好意思,向他安慰几句窝心的话。

彭林扯着吕宁的衣袖笑道:"我的哥,你们难得到兄弟这地方来,叵耐我这个小徒真是瞎了眼,认不得哥们是合字路上三尊大佛,竟同哥交起手来,叫兄弟惭愧得很。大哥们是朋友,就不用多讲客气,便请到寒舍去盘桓盘桓，不知哥们的意思怎样？"

吕宁笑了笑，彭林便请吕宁、张义、邢柱三人在前走着，率领一大群的人，向他的住宅而来。

原来彭林的住宅是前后两进，峻宇巍峨，俨然是个大户人家的样子。彭林到了住宅门首，便吩咐那二三十个健儿，各去干各的事，将吕宁、马义、邢柱三人请到客厅坐定，命厨房里安排了酒席。大家吃酒时间，倾谈怀抱，吕宁遂将落马镇前后火并的种种情形向彭林略说了一遍。

彭林向左右努嘴道："你们且站远些，我要同三位大哥谈几句舒肝泻胆的话，要添酒菜，自会招呼你们前来。"

左右应了声是，便出去了。

彭林低声向吕宁说道："哥们去落马镇的时候，不怕散脚道人的法术厉害，我不艳羡哥们的本领高强，却佩服哥们义气深重，胆量大得骇人。但是这位邢公子，虽然也有一身好的功夫，兄弟说话孟浪，公子不用见怪，算你对于江湖上的门槛尚欠几分经验。请问公子，因什么事要紧，那时只身出来，经过重重危险，却没有半点儿畏缩退葸的念头呢？"

邢柱道："不瞒老大哥说，兄弟出门访一个出家人，做兄弟的师父，传兄弟这手好的本领。"

彭林道："公子爷要访的是什么出家人呢？"

邢柱道："他的法号上瘆下生。"

彭林不待邢柱向下说去，连忙说道："上瘆下生的出家人，兄弟倒知道两个，一个是和尚，一个是道士。和尚是阴平虎泉寺慧远老尼化装，都自称是瘆生和尚；道士是茅山佟师父化名，在江湖上都自称是瘆生道人。公子要拜访的，还是化名瘆生和尚的慧远，还是化名瘆生道人的佟师父呢？"

邢柱道："兄弟要拜访的是瘆生道人，不是瘆生和尚。大哥怎知瘆生道人是什么茅山佟师父呢？"

彭林道："那个瘆生道人，公子可会见过没有？"

邢柱说是十年前会过的，旋说旋将十年前瘆生道人向他订说，十年后预约种种情形，向彭林说了。

彭林道："那瘆生道长是生得怎样的眼睛，怎样的鼻子？身上穿着怎样的衣，脚上穿着怎样的鞋？是不是这样呢？"

邢柱道："不错，兄弟记得他老人家是这个模样儿，大哥敢是也会过的吗？"

彭林道："岂但是会过的，并且还是我的师父。你可有个师父，是太华山苇渡老和尚呢？"

邢柱很踟蹰了一会儿，没奈何，只得回道："大哥怎样知道苇渡老和尚也是我的师父？"

彭林道："老和尚遇害的时候，你明白那暗害老和尚的是谁？你在十年前，可向我师父问过这样话？"

邢柱道："兄弟不知是什么人暗害我的师父，没有问过道长这样的话。"

彭林道："你不用不肯当我和吕、张两位阿哥面前吐诉真情，要明白我们是血性的朋友，听你的话，纵不能帮助你，断乎不能坏你的事。"

邢柱道："兄弟这几句话都是句句从肺腑里掏出来。"

彭林且不再说什么，便拎着酒壶，在他们三人面前满斟了三杯酒，自己也斟了一杯，大家都一饮而尽，唯有邢柱不肯饮。

吕宁、张义齐声说道："邢公子，请干了这杯酒，休惹得彭大哥见怪。"

彭林道："他心中的方寸已乱，我也想他吃不下这杯酒。我再来请问公子，公子的生身之父，不是也被仇人暗害了吗，公子知道这仇人是谁？在十年前可向我师父问过这样话？"

邢柱很为难地说道："兄弟不知我生父仇人是谁，

也没有问过道长这样话。"

彭林道:"仇人一次杀了你的生父,一次杀了你的师父,覆巢之下,不容有完卵存在,怎么不一并将公子杀了呢?这缘故公子可知道?"

邢柱回说:"不知。"旋说旋起席跪在彭林面前,含泪说道,"请大哥明白告我,老和尚和我生父的仇人是谁?并给我引见佟师父,好练习道法,为我将来报仇的地步。"

彭林忙将他一把拉起,向吕宁、张义说道:"邢公子的性情有些猴急,他这时的道法未学成,不是报仇的时候。未到报仇时候,要问仇人的名姓,恐于报仇的事反发生障碍,不要问明,临时你也会知道。当初仇人没有将你并同宰杀了,就因你的根器很大,福分非比寻常,只要你立得正,行得正,任随有多么大的本领,终不能伤害你的性命,不过晦运未消,前途还要经历几层的风险。若说我师父要收你做徒弟,就在十年前收你做徒弟了,我给你介绍,又有什么效用?如果凭你的至诚心,要投入他的门下,你自己去苦苦寻他,他也没法拒绝。不过他的脾气很坏,你只学他的道法,不学他的脾气,于你没有损害。要学成本领报仇的事,你将来得见了他,尽可对他倾怀尽吐，是没有妨碍的。"

邢柱听了，转咕哝着嘴，坐在那里，一言不发。

吕宁便趁空向彭林说道："咱们两个，平时都羡慕彭大哥本领好，只想不到大哥已投入瘖道长门下，学成了道法，这是大哥方才在山谷间有眼看得起咱们兄弟，不但不同咱们兄弟交手，反带到尊府酒席恭维，使咱们兄弟感激不尽。但咱们都是要寻访瘖道长，投拜在他老人家门下，学习法术的，道长且不肯便收邢公子，如何肯收咱们兄弟呢？"

张义也说道："咱要说的话，吕阿哥已对大哥说过了，只未知大哥肯给咱们引见瘖道长吗？"

彭林道："我们江苏人，自己都说是我，哥们将来要拜在我师父门下，我虽不能介绍，但哥们也未必没有这样造化。以后我们若做了同门师兄弟，我师父的脾气喜欢人自称我，不喜欢人自称咱，就因他本来是个旗人，旗人没有自称咱的，这话哥们要谨记在心坎。"

吕宁、张义都起身回道："是这样？我们从今日起，便改称我了，恐见了道长，急切间换不过口来。"

正说到这里，忽然有个丫鬟从内堂走得前来，向彭林耳朵边说了几句去了。

彭林把酒杯子一推，面上现出很忧郁的神气，伏在桌上，一言不发。

张义将他推了推道："什么事惹得大哥这样懊恼？"

彭林抬头叹道："兄弟的性格，最喜欢结纳江湖上本领高强的人，晚间小徒奚奇报说吕大哥的本领了得，若在平时，兄弟听说这样一个有本领的人，早已虚心结纳。所以忍不住火居然兴师动众，要追寻哥们为难，直待吕大哥高叫出姓名来，才将哥们请到家中来吃一杯薄酒，就因兄弟在近日间，有这一件事，使兄弟心里懊恼。这一肚皮的鸟气，正没有地方发泄，不觉得罪了哥们，使兄弟抱惭得很。"

吕宁道："大哥能不能将这件事告诉咱们呢？"

邢柱道："你又是咱们来了，彭大哥吩咐的话，你怎不牢牢记在心坎？"

吕宁便改口道："彭大哥既承认我们够得上朋友，为什么不将这件事说给我们听听？"

彭林道："哥们都是我的好朋友，这样丑事，本可以告给哥们，但哥们不能出去说给他人知道，叫兄弟的面子上太下不来。

"兄弟有个妹子，今年才十七岁，乳名唤作棋儿，十日前就觉得头晕眼昏，心里冲悸得难过。丫鬟来告诉我，我也不在意，以为她冒了风寒，睡两天就好了。

"谁知到了夜间二更向后，我妹子忽然从床上跳起来，叫了声：'哎呀！'把丫鬟惊醒了，问她是怎样，她说：'有鬼有鬼！'接着便向丫鬟大声喝道：'你们赶快将我的舅兄叫来，当面发誓给我听，把他妹子嫁了我，永不同我为难。万一不答应我的话，便将他妹子性命追了去，他才佩服我是个厉鬼。'

"丫鬟听得这样话，很是诧异不小，但是她这番说话的腔调，改变成男子的声音，并且又来得苍老，就知道是有鬼物凭附在她身上了。

"丫鬟忙着来禀告我，我到她房里看时，只见她两眼圆睁如豆，嬉皮涎脸地向我说道：'舅兄是来了吗？我与令妹前生是夫妻，缘还未了，她今世投生，我应得同她了结这未了的缘。'仍叫我当面发誓，承认他是个妹夫，将来不许同他为难。

"我在师门所学的法术，任凭怎样三头六臂的人，却不容易对付我，就只幽冥异路，无法能奈何这个厉鬼。

"第二天，便叫几个徒弟，寻得本地著名善捉鬼的李道人前来。到了二更时分，李道人进房切过了脉，说：'这鬼很有点儿神通。'但是凭他的法力，要处置这个鬼，真是荞麦田里捉乌龟——手到擒来的事。依他的吩咐，摆设坛场，取来二方青砖、一对红黑砚台、一把新犁头、一只大雄鸡、一碗清水。

"李道人先在神坛前洗了手，焚起沉檀速降，捋着长袍，从褡裢袋里取出五道朱符、一把师刀，放在坛上。吩咐家人，拿了两道朱符，一道贴在窗门上，一道贴在大门上，以后只招呼我上坛，帮着添看点烛，不许闲杂人等到坛上来。

"不上一刻工夫，忽听得叽溜一声响，似乎有一道黑气，从窗门外滚进房中来，便听我妹子叫了声：'哎呀呀！奴的对头到了。'接着又变换腔调，呼作兄弟的姓名，说：'我与你毫无仇怨，你自己没法驱逐我，却将李道人请来，要处置我。你妹子本来同我的天缘未了，你就发誓嫁字了我，不见得玷辱你家的门楣。你要同我为难，看这鸟道人使出甚样鸟法，我不献点儿神通给你们看，你们也不知我的厉害。'

"我听他这样无礼的话，只眼望着李道人，背向神坛，盘膝向地上一坐，托着一碗清水，用师刀画了几画，起身仍将水碗放在坛上，就烛上烧了第一道符，用犁头斩了雄鸡，取出血来，溅在青砖上，并红黑砚台。只见烛光一闪一烁，黑影便从房里滚出来，直落到坛前。

"李道人拾起一方青砖，向黑影打去，却是哗啦一响，那青砖似乎打中了黑影，落下来却跌个粉碎。李道人又取了红黑砚台在手，忽然黑影不见了，跟着起了一阵旋风，只吹得烛光熄灭，房屋都摇摇震摆。借着外面的星光，看那旋风中的鬼影，有一丈多高，头部模糊，看不出是什么形象，装束也不是尘世的服制，向着李道人指手画脚，表示出很得意的样子。

"李道人右手合着红黑砚台，左手捏一个诀，口中念念有词。那鬼影便退入房中去了，霎时风声停止。

"我趁势点好了蜡烛，李道人又烧了第二道符，把自己的头发打散，披在肩上，用手向房里一招，忽看见我的妹子蓬头散脚，从房里跑上来。刚跑到房门口，伸手揭着上面的符箓，李道人又就烛上烧了第三道符，取出了个戒尺，在坛上噼啪啪响了三下，口里喝一声：'敕！'震得坛上的烛焰伸起一尺多高。看她仍是行所无事般，揭去房门上的朱符，在手中撕个粉碎。

"李道人仍将红黑砚台用右手拿住，左手拿着师刀，向水碗中间一竖，口里不住念念有词。一个敕令喝出口，那师刀竖在水中，仿佛有什么东西托着似的，却是纹风不动。师刀竖在水中不动，看我妹子站在房门口，一些也不动，如同痴呆了一样。

"李道人笑了笑，说：'好厉鬼，原来也有这样时候。贫道不因投鼠有忌器之念，这两方砚台打下去，看你还有什么方法能逃脱我的掌握？'

"我妹子便哀求道：'这是我的不是，法师也该开放我一条生路，我从此不到这里来了。'

"李道人听了这些鬼话，很斩截地回道：'贫道也不妨饶你这一次，不过你从此不来的话，恐怕做不到。只是贫道就住在这山下地方，你定要再来和彭小姐为难，贫道却不用阻止你不来，唯有等着你再来自寻苦恼。良言尽此，去吧！'

"李道人说这话，便将师刀抽出水碗。忽听空中有人喝了声：'姓李的，我做鬼都谢谢你放我一条生路，我们有缘再会吧！'以后便寂无声响。我妹子却现出惊慌羞怯的样子，退向房内去了。

"李道人便向我笑道：'鬼已驱逐了，临走还对贫道硬说这两句敷衍下场的话，谅他经过贫道这一次厉

害，再也不敢到府上骚扰。'

"当夜我感谢李道人，送他一百两银子。李道人不肯受，略吃了一些夜饭，便回去了。

"谁知到了第二夜，那鬼又到妹子房中懊恼，却更比前几夜闹得凶狠。我只恨不该便放走了李道人，又使我妹子横受祸变，我心里是如何气恼？"

吕宁、张义听到这里，便齐声问道："何不再请李道人呢？"

彭林道："怎么没去请李道人？哥们哪里知道，李道人在那夜归去的时候，已被这鬼暗算了。"

欲知后事如何，且俟十七回再续。

第十七回

入山庙几膏虎吻
陷机关又被鸿罹

话说吕宁向彭林问道："李道人那夜归去，怎么被鬼暗算了呢？"

彭林道："我因那个厉鬼又来闹得不成话，连夜打发人去请李道人，那人从天光傍亮才回来，说：'李道人从前夜归去，同他的妻子在床上睡着，他妻子在李道人蒙眬时候，便听他叫了声："苦也！"点灯看时，只见他颈项间有五个很大的指印。那种指印，一看就知不是人的指印。李道人就这么被鬼捏死了。'

"我听了这话，好不诧异，亲自到李道人家里，即见一个蓬头散发的中年妇人，泪眼婆娑，从里面走出来，向我望了望，便哭道：'彭大爷又要叫李道人

去捉鬼吗？可怜他已被鬼捏死了，此刻还停在床上，没衣服装殓他，请大爷进去一看便明白。'

"我听了回道：'善捉鬼的人也中了鬼的暗算？这真叫作明枪易躲，暗箭难防。鬼蜮含沙，不知伤害多少有本领人性命。'旋说旋随妇人走到里面，看有一张大木床，床上睡着个死人，用白布蒙着脸，头枕在个枕头上，两脚放在两个砖头上。我掀开他脸上的白布，他的死相甚是可怕，不是李道人是谁呢？颈项上果然有五个巨大的指印伤，看这指印伤的模样，认定便是那晚的厉鬼用五个巨指捏掐的伤。他的妻子又号啕恸哭起来，我心里很是难过，觉得李道人死了可惜，回家便派人送二百两银子去，好买衣衾棺椁装殓。

"自李道人死后，这几天请过几个和尚，念《金刚经》，也没有半点儿灵验，鬼物每到二更向后，必附在我妹子身上，直到天明方去。

"我妹子现在已瘦得脱了个形，性命还不知怎样。适才丫鬟前来报告，就是那鬼物又到我妹子房中作祟了。哥们看这件事，却叫兄弟怎样为情？"

吕宁道："兄弟听说唪念《金刚经》，最能避邪逐祟，怎么这些秃颅唪念起来，便没有半点儿灵验？"

张义道："可惜兄弟不会唪念《金刚经》，却有个法子，兄弟试试看。这个法子便不灵验，也不致受怎样的损害。"

邢柱道："你是什么法子？"

张义道："只消取一炷婆罗真香，在房里焚烧起来，有什么鬼，不能致他死命？"

邢柱道："这法子虽好，但是婆罗真香却从何处取得？我曾听苇师说唪念金刚神咒，能使鬼邪远避千里，金刚神咒我也会唪念，不妨去念几遍看是有没有什么灵验。"

彭林虽不相信这方法有效，然在一筹莫展时候，得有这效果未可预知的方法，究竟聊胜于无。但因他们的火焰高强，他们多一个人前去，总该替邢柱壮一分胆量。遂命家人上来，撤去杯盘，邀同邢柱、吕宁、张义三人，一齐走到棋儿房外。

邢柱口中刚默念着金刚神咒，即听房里大声喊道："又是哪里来的三个鸟人，敢在太岁爷面前动土？你们走你们的阳关路，我走我的独木桥，干犯你们甚事？再不给我滚出去，看我可能饶你们一条生路！"

邢柱耳朵里像没有听着一般。忽然阴风陡起，将内外的烛光都熄灭了，眼前便是一阵漆黑，连门外星光都没有了。

吕宁道:"我们的眼睛瞎了?"

张义道:"若不是瞎了眼,怎的什么东西也看不见呢?"

彭林道:"我也同把眼睛闭着的一样。"

这话才了,便听吕宁、张义同时怪叫了一声,又听空中有人说了声:"这姓邢的来头太大,我简直没法能处死他。且取他两个,留下他一个,他将来死了做鬼,再来同他结账。"

以后便寂无声响,两眼便看见自己身上的衣服了,渐渐烛光不点自明。

彭林看邢柱仍在那里,默念着金刚神咒,连身体都没有挪移半点儿方向,就只吕宁、张义两人不见了。

却听小丫鬟在房里叫道:"小姐已醒来了!"

彭林也不由匆匆跑到棋儿房中,但听棋儿含羞带涩地说道:"鬼已去了,他方才曾对妹子说,他看在姓邢的分上,以后再不来骚扰。这是姓邢的福分极大,要让开一脚,不是什么金刚神咒能驱逐他不来的。"

彭林听她这话,转身出来,看邢柱仍然喑念神咒，便拍着他肩膊说道："鬼已逃走了，邢公子还呆念什么？你看他们两个是到哪里去了？"

邢柱才停止唪咒的声音，问是说些什么。

彭林又照着前话申说了一遍。邢柱问是怎样的，彭林滔滔向邢柱说了一阵。

邢柱道："怎么方才我的眼睛没有瞎耳朵却是聋了？我在这里念咒，两眼只注视烛光，什么都看得见，却没听得有什么风响，怎么你对我说着这番鬼话，把我两位阿哥被那邪鬼带到何处去了？"

彭林道："我直到这时才明白，那是江湖上会谙鬼邪法术的人假托其词的，下我面子，又害了两位阿哥性命。当初因他的邪法比我法术高强，敌不过他，便认他真是鬼祟。若照今日情形看来，九泉下哪有这种厉鬼，会将生人摄取的道理？何况他们两人英气虎虎，又非寻常人可比呢。这人不知和我们有什么过不去的冤仇，连我自己也想不出是谁干下这种禽兽不如的事。听他的声音，像似撇着腔调，吐嘱都不自然，更使人无从认真猜度。若是日后侥幸访到这个人，我请师父出来，替两位大哥报仇，替我彭家雪此奇耻。但是他的邪法，能摄取吕、张两位大哥，能遮蔽我们的眼目，却不能奈何公子，瞒得公子的正眼法藏，可知公子前生的来历非凡，此心又很坚定，大有'泰山崩于前而色不变，麋鹿兴于左而目不瞬'的气概。此去若到茅山，寻着我师父学习道法，总该得收事半功倍之效。不过我立刻间访不着那暗中作祟的人是谁，不能直接介绍公子投到我师父门下，我心里很是难过，总望公子包涵。"

邢柱道："我同两位大哥出来，不幸中道被妖人陷害，我凭这点儿天良，实在对不起他们，便叫我日后见沈刚两位阿哥时，颜面上如何过得去呢？"

说到这里，便要向彭林告辞。彭林哪里便肯放他走，直挽留他在那里住了十多日，见没有妖邪来懊恼了，又着人四面访查吕宁、张义的下落，只访不出半点儿消息，便放邢柱下山。

彭林的徒弟有几个也要陪伴邢柱同行的，彭林道："不必，邢公子威福极大，便常经风险，也没有生命的祸变，他经一回风险，练一回胆量，多一成阅历，长一分定性，正所以养成他学法报仇的基础。有你们伴他同行，反使他对于寻师报仇的事，多受一番掣肘。"众人才没话说。邢柱巴不得不用他们做伴，凭着他孤独独一个人，随便天南地北，有了什么风险，不致再害了人家的性命。

当日辞了彭林，一路到茅山来，倒也平安无事。在茅山寻访了半个月，固然访不着有什么窋生道人，连姓佟的，茅山也没有一个。资斧已告罄了，心中更是非常怅望，幸喜身边有一把雁翎刀，便卖给一个练把式的富户，得了二百两银子的代价。有了这二百两，便在茅山租了所小房子，又访了三年，哪里访到什么窋道长佟道人呢？这二百两吃尽用光，没奈何只得杂在乞人行中，沿村乞食，每想起苇渡老和尚和他生父的大仇，辄自呜咽号哭，简直憔悴得形销骨立，而寻师报仇的志愿始终不衰。无如山上的人家欺他是外乡人，并批评他正在少壮有为的时候，偷闲好懒，沦落做了乞丐，连一杯薄粥都不肯轻易施舍他，他也懒得同那些人分辩。山中的木实在极贫的人不能入口的，他在饿极的时候，都可以取来充饥；遇到有毒蛇猛兽的地方，他睡下来怕受侵害，就爬到最高的树上，也可以打个瞌睡。终日间如痴如狂，哭一阵，笑一阵，笑的时候，没有半点儿喜容，哭的时候，没有半点儿眼泪。

这日，在一座山神庙中，他本来知道庙里的土形木偶并没有什么灵验，但到这时候，却禁不住跑到山神庙去，撮土为香，在神前拜了数拜，低微的声音却很诚恳地祝道:"天可怜邢柱,恩师生父的大仇未报,使邢柱得早逢佟道长,学成本领,报雪不共戴天的仇,便令邢柱身遭奇戮,都感谢天神默佑的大恩。"

正祝到这里,猛觉得背后有人在他肩上拍了一下道:"你跪在木偶面前,祝些什么?他有这神验,能接引你见佟道长,学成那么大的法力,使你报复大仇吗?你不知佟道长住在哪里,你恩师生父的仇人姓什么、叫什么名字,你还想报仇吗?"

邢柱不由暗吃一惊,急忙起身看时,只见一个少年人,丰神潇洒,衣服却很朴素,两目如明星、如流电,早知他不是个寻常人物,连忙跪下问道:"先生这样行径,在我眼中看来,活像个神仙,请问先生是否知道佟道长现在哪里?我恩师和我生父的仇人是两个什么人呢?"

那人笑道:"我虽不是个神仙,但寻常人所不能做出的事、所不能知道的话,我可以做得、可以知道。你要会寱生道长,请他成全你报复大仇,在我眼中看来,直似易如反掌。我同你一起去会寱生道长好吗?"

邢柱蓦地听了这几句话,心肝五脏都是感激的,不住地向那人叩头,只叩头咚咚地响。那人忙将他拉起来,信口呐一声哨,倏地便起了一阵腥风,只刮得沙石飞扬,山中树木枝叶纷纷折落。风声起处,便跳进个非狮非虎的怪兽来,那种张牙舞爪,齿巉巉目眈眈的情形,像似要来吃人的样子,直扑到邢柱面前。那人忽然不见了。

邢柱自念到茅山来,本为生父、老和尚报仇,才访拜佟道人为师的,便葬身兽腹,也算意料中事。

转眼忽又见那人站在怪兽左边,唬喝了一声道:"孽畜,你吃了十多年的肉,不是吃了十多年的屎,怎的前来,要我这朋友当点心吃?"

怪兽听他唬喝出这句话来,将前两蹄向下一伏,从前那般吃人不吐骨头的模样,半点儿也没有了。那人便扯着邢柱,骑上了兽背,那怪兽跳出了山神庙,虎啸了一声,这声音来得更大,霎时山摇地动,全山的树木被风声吼得像潮水相似。兽虽奔腾得好快,像似刮着一阵风,但骑在兽背上的人却非常稳健,直由山那边飞奔过山这边来。

看前面是个山谷,那兽奔入山谷中间,用前蹄在地上抓着,便听得砉的一响,平地上便裂出一个很大的圆洞来。虎和人都跌落下洞,不知跌有多深,邢柱一句哎呀没叫出,似乎有人将他双手已反绑起来,两眼不知被扎了什么东西，黑洞洞看不见洞中的景物，身体像似有人托着行走，走得比飞的快，但半点儿也不能动弹。也不知走有多少步数，忽听得呀的一响，确是推门的响声，被人将他放在门内。

邢柱不由哭道："我不是在此地做梦吗？被人家捉弄我好苦。"

忽又听呀的声响，并似乎听有一种很微细的风声，早从身后吹过去，仿佛那人已穿出门外，反手将门关起来了。接着又是当啷啷一声，以后便寂无声响。

邢柱两眼虽被什么东西扎着，但看屋内隐约还有灯光，身后仿佛有些能动弹了。两手一使劲，似乎绑绳已开，又用手在脑边一摸，脑间是被一块绢布缚着，连双目都扎缚起来。用手指甲在绢布上一划，那绢布划裂开来，眼前又漆黑一阵，忽然大放光明。

原来这屋里有桌、有几、有椅、有床，桌上的灯光、床上的被帐，都应有尽有。四壁都蒙着铁板，连房门也似有铁板蒙着，想来并不是个铁门。地下又铺了一层铁。再向屋梁上一看，也蒙了层层的铁网，那铁网上垂下累累很锋锐的尖钉，如满天的星斗，横竖大小，也不知有多少。邢柱闷闷地在椅子上坐了一刻,早知是凶多吉少,但信得同他向无冤仇,何苦如此捉弄?据他对我说,是要将我引见给佟道长,使我学成本领,给我生父和老和尚报仇,佟道长没会着,倒被他关押在这种地方,这是什么路数?

邢柱把这些话在腹中思来想去,究竟想不出个所以然来。观得桌上的灯光暗暗欲灭了,腹中更是饥肠辘辘,好像有许多蛔虫在五脏庙里开着聚餐大会。

猛然间,听得当啷啷作响,接着又是呀的一声,铁门开了,即见那人端了一个台盘进来,不知在墙壁什么地方踢了一脚,那铁门又关起来了。盘里是一匙油、几个大小碗,碗里是饭菜。那人把饭菜放在桌上,在灯里添了油,很客气地向邢柱说道:"敝主人不知因什么事,没工夫来会,这里菜饭实不成个待宾之礼,请公子胡乱用点儿充饥吧。"

邢柱便将他拉住说道:"我有话要问明白,你主人姓什么,叫什么名字?佟道长在哪里?你将我带到这里关起来,有什么用意?你若不从实告诉我,我就是饿死了,也不吃这东西。"

那人道:"你相信我本来没有恶意待你,要我向你吐说实话,我死也不肯说。饭菜吃不吃,随你的便。"

邢柱刚要再说下去，那人提了台盘，随手开门走出来，随手又在外面将门锁起来。

邢柱料想便能开门出去，也逃不出这种陷人坑。饭菜里纵有毒药，不吃也是死路，饿极了且吃下去充充饥再说。

欲知后事如何，且俟第十八回再续。

第十八回

天人交战辔马入危崖
冤孽难消奇人设黑幕

话说邢柱腹中实在饿得挨不住，这几日时间，都借山中木实充饥，口中要淡出什么东西来了，闻得这饭菜的香气，喉咙里要痒出虫子来，没奈何，只得吃了个饱。虽是一碗米饭、几样素菜，倒吃得津津有味。吃下去没有一个时辰，只觉浑身软洋洋的，便斜倚在床上，腹中有一股热气直冲巅顶，散出周身筋骨皮肉之间，身体便撑持不起，心里更有些摇摇震荡。

忽然有人在外面推开了门，是一个韶颜绝色的女子，也用双手捧着台盘，把桌上大小的碗放在台盘里，回眸吐出很细碎、很轻婉的声音，向邢柱笑道："饭菜里毒药，你吃下去，停会儿我送杯茶来。"说着，向邢柱粲然一笑，翩若惊鸿地去了。

邢柱本来是个坐怀不乱的真君子，不知怎的，一见女子这种神态，心里却不无涉些遐想，却把生父和老和尚的冤仇及自己的生死祸变都抛撇在爪哇国里，直呆呆地望着这女子退出去了，心想：似这样的美人儿，不但见没有见过，听也没有听人说过。看她美妙神情，不是对我没有丝毫意思，她说停会儿送杯茶来，我咽喉里正渴得很，周身有些发烧，她几时才将茶送来给我解渴呢？

邢柱不住这么胡思乱想，脑海里深深印着那个美人儿，怎样的面庞，怎样的年龄，上身是穿的怎样的衣，下身是系着怎样的裙，真应得《西厢记》上的"我从来心硬，一见了也留情"的那两句话。

延挨了一会儿，果然那女子袅袅婷婷从门外走进来。只见她喜滋滋满面生春，笑吟吟腮窝堆笑，那种荷粉露垂、柳腰风展的姿态，真个比玉能温，比花能活。

邢柱早觉得意软心酥，摇摇若丧魂魄，情不自禁地向那女子招手笑道："姐姐，你怎不将茶送来，给我解渴？"

女子道："好糊涂虫，夜深更静，洞里人都已睡了,叫小阿奴哪里去将杯茶来?那是小阿奴同你讲的一句玩话,你怎么认真?"

邢柱道:"姐姐不送茶来,又到这里想干什么呢?"

那女子道:"敝主人怕公子在夜间私逃去了,特遣阿奴来监护公子。这里是仙人洞,常住在仙人洞中,真享受神仙所不易享受的快乐,公子何苦来私自逃出呢?这是敝主人爱念公子甚深,怕公子无福享受神仙快乐,所以才令奴来监护。"说罢,便凑近邢柱面前站定。

邢柱在她凑近面前时候,只觉衣裳飘拂,钗环云鬓之间,也辨不出那非兰非麝的一阵气味,还是细细的肌香,还是甜甜的发气,只顾翻着两个星光灿灿的眼珠,死盯在她的面庞上。

那女子不由鼓着红腮颊,憨憨地笑道:"公子爷目眈眈似强寇,视小阿奴为何?"说着,便用手帕蒙着脸,把个头直低了下来。

邢柱见她这时的神态愈羞怯愈觉妩媚,又觉神思淫荡,心旌摇震得厉害,不由笑了声说道:"我视姐姐如碧桃红杏,不食亦可忘饥,不饮亦可解渴。"说着,竟来挽着她的手,偎着她的腮。

那女子放下手帕，向他乜了一眼道："狂郎，我家主婢都是妖狐，奴将为君祟。"

邢柱道："乞姐姐可怜我，我这时方寸已乱，便死在妖狐手里，有这样好死，做鬼还自在的。"

那女子便说了声："狂郎情急了！"旋说旋粉腮一红，只向着邢柱憨憨地笑。

邢柱在这千钧一发的人兽关头，忽地用手在自己的嘴巴上打了两下，暗想：不可不可，我不是这样形同禽兽的嫖虫淫棍，一颗心如何糊涂到这个样，连生父同师父的大仇及自己的生死祸变都撇向脑后呀？我明白了，饭菜里莫真是下了什么狐媚药，蛊乱我的心情吗？心里这一转念，便将双目紧闭，像是耳无闻目无见的样子。

那女子在旁急道："不脱衣裳去睡，胡想些什么呢？便令奴是妖狐，何忍以祟人者祟公子？请公子勿疑，奴就上床睡了。"说着，用手在邢柱身上推了几推，只是没动，像似已经睡着了的样子。

那女子便在房中叫了声邢公子道："在这种关头，能够悬崖勒马，真是公子的造化。敝主人佟道人，所以差小阿奴趁势前来，却有他的用意。学习道法的人，最要勘破情关，跳出色网，公子若不在这时候收摄心情，不但道法难成，此身便走了销魂地狱，这是公子前生修持的造化，请公子勿疑。明天敝主人即给公子报仇，传公子的道法。"

邢柱耳朵里模模糊糊透入这几句话，重行睁开眼来，哪里见有什么女子呢？暗暗叫了声："奇怪！"便猜度女子的语气，不但道法可以学成，报仇的事又近在旦夕，便在床上笑一阵，哭一阵，笑了又哭，哭了又笑，觉周身的热火渐渐退了，身体渐渐恢复原状了，便在床上坐以待旦，果见十三年前那个化名瘩生的佟道人来了。

佟元手里拿了两个木人、一个木兽，那木人看似一男一女的模样；那木兽非狮非虎，形象甚是奇怪。佟元指着木人、木兽向邢柱说道："这三个你也认得。"

邢柱看那两个木人，男的便是在山神庙遇着的少年，女的便是夜间所会的那个美貌女子，木兽便是骑着到洞中的那个怪兽。看完了，早不由跪在佟元面前，说："师父怎的忘了十年之约？虽忘了十年之约，使弟子终报冤仇，便是弟子的重生父母。"

佟道人将他扶起道："非是贫道忘了十年之约，不过你学成道法，想报你生父及苇渡和尚的冤仇，贫道怕收留你做弟子，免不了在同道中结下一种冤仇来。如今可怜你的孝心，讲不起，给你帮一帮忙。只是你报了仇，得做我的徒弟，学成了道法，我活在一日，这一日不许离开我这山洞，你可依得我？"

邢柱道："师父能使弟子如愿以偿，弟子这一辈子就不离开师父的左右，哪有不愿意的？"

佟元道："既如此，你看我今天略使一点儿神通，把仇人显出来，叫他们当面对你供出姓名，并害你生父及苇渡老和尚的缘故，仍由你随便怎样处置他的死命。但要你处置他，必俟我的令下。你要明白，害你生父的仇人即是害苇渡老和尚的仇人，那人的本领、法术都不比寻常，你生父和苇渡老和尚尚死在他手，我不将他法术坏了，叫你动手，你有多大本领，便能轻易处置他呢？"

邢柱暗忖：难得师父不待我道法学成，帮我立刻报了大仇，不错，这是师父怕我道法学成功的时候，仇人万一死了，叫我如何能报仇呢？可惜我妹子不在此地，不能亲见我报复大仇，如果她得到此地来，不知要如何感激这佟道长呢。

心里虽这么思想，谁知事实却又出人理想之外，报仇的事要认明那仇人是否准确，岂是随便杀一个人,便算报复大仇的?佟元如何给邢柱得报复大仇呢?这也是当时的情迹,波诡云谲,横起波澜,作书人迫于事实和笔势的要求,又不得不故弄狡狯,写出这一节意想不到的文章,回应《红颜铁血记》中的情节,为本书略告一段落。

话休絮烦,佟元当时把邢柱带到一处屋宇里面,屋中布设得金碧辉煌,当中摆设着一个大炉鼎,有四尺多高,一缕一缕的烟纹,从炉鼎中喷射出来,袅袅香气,在空间盘旋无定。两边都设着二三尺高的烛台,高烧着两支膊臂粗细的大蜡烛,烛焰上各吐出一朵红莲,也含有几分道气。鼎炉后面放着一个大蒲团,左右也有四五个小蒲团。佟元便站立在炉鼎前面,令邢柱在他右边站定,叫小童进来,取出他的制服,穿在身上。

小童去了,佟元便向邢柱说道:"你记清了,听明白了,我把仇人拘来,我没叫你动手,你绝不可动手。我叫你动手,你绝不可不动手。没有到你动手时候,你一步也挪动不得,一句也哭不得。"

邢柱连声:"遵命!"

佟元一不捏诀,二不化朱符、烧甲马,做那步罡踏斗的勾当,转身坐在大蒲团上,紧闭着双目,嘴唇翕动了几下,忽然高叫了声:"吾奉大元大帝律令,急急如律令。"

一个"敕"字叫出口,便从屋外走进一个神将来,粉面乌须,手里托着一叠神塔,站在佟元面前,说:"法师呼唤吾神哪边使用?"

佟元向他低声说了几句,也不知说些什么,那神将说一声"得令",去了。

佟元便向邢柱说道:"这是《封神榜》上托塔天王李靖,有他前去拘擒那个孽障,没有拘擒不来的。"

邢柱点了点头,但他心里却想到《封神榜》关系小说家的寓言,并无其事,这托塔李靖,自然也无其人,但天地之大,无奇不有,安见古来小说书上都是神怪无稽之谈?心里是这么想着,却见门外叽溜一声风响,便闪进两个人来,吹得烛光摇闪无定。不一会儿,风声平定,邢柱看是那个托塔天王李靖,押着须发苍白的老道士。

李靖指着老头儿向佟元笑道:"这孽障倔强得很,若非吾神前往,如何能将他拘得前来?敢问法师,还有何使唤?"

佟元口里又不知默念些什么,便见李靖用神塔向老头儿迎面一照,照得老头儿哎呀哎呀地怪叫。再看李靖和神塔都不见了。老头儿转现出怒容满面的样子，向佟元怒道："老夫向来同你没有冤仇，谁令你遣动神将，将老夫拘获前来？老夫这次吃了你的苦，暂时报不了仇，但冤有头，债有主，老夫终不应该死在你手，你只可拘获老夫，实不能处置老夫死命。老夫若有出头之日，不打你一个翻天印，你还不知道老夫手段毒辣。"

佟元道："我虽不能处置你的死命，但能拘获你；我这徒弟不能拘获你，却能处置你的死命。我与别人有同道人公理可讲，同你这目无教律的东西，却没有公理可讲。值价些，就得由你亲自招出当年害死大侠鲁通，并伤死苇渡老和尚的罪犯，免叫自家吃苦。"

老头儿似乎看佟元说完这话，两眼的神光直逼视在他身上，几次要想脱逃，又脱逃不了，便向邢柱仔细望了一望，高叫了一声："我的对头到了！"说完这话，便紧闭两眼，一言不发。

佟元怒道："你被拘本法师座前，还敢意图狡脱，不显点儿厉害你看，你也不知本法师的能耐。"

旋说旋将左手一扬，只听得噼啪一声响，一个掌心雷，只震得屋内的瓦声作响，把邢柱耳朵都几乎震聋了，他的两耳只觉呜呜地叫。

那雷声从老头儿头上响了过去,接着又听佟元向老头儿喝道:"若再顶撞不肯招承,我必以雷火追取你的性命。"

老头儿登时也不由打了个寒噤,从前一种盛怒难犯的样子陡然改变了,转向佟元哀求道:"你是座上的法师,我为阶下的罪犯,无论如何逃不了你的手。我自知对头到了,我去死路已近,但请你顾全同道中的情义,免使我受骨暴扬灰之惨。尸骸得完全归瘗深山,我的志愿已足。当初我害死鲁通,不上十年,又害死太华山苇渡和尚,除我没有第二个人知道,但到了这种关头,我不能不说了。在我们三元会中,除去你佟法师,我甄铨也是个数一数二的人物,我在江湖上独往独来,做下非礼违法的事,没人来敢顶撞我,并且没人知道那非礼违法的事是我干出来的。二十年前,我因奸占一个道姑,不幸被鲁通察觉了,居然对我下杀手,用飞剑想追取我的性命。我不用法术抵抗他,又难逃脱他的毒手。法师是同道中人,本来就想到我是使的什么法术,我也毋庸赘述。鲁通中了我的法术,曾将他的儿子鲁柱托付苇渡和尚收养,被我后来知道了,怕苇渡是鲁通的朋友,将来免不了要给鲁通报仇,又用处置鲁通的法术,到太华山去处死苇渡的性命。这是我的实供，法师当相信我没一句是假。"

佟元道："你怕苇渡和尚给鲁通报仇，独不怕邢柱给他生父报仇吗？你害了苇渡和尚，怎么不将邢柱一并宰杀呢？"

甄铨道："邢柱虽没有道法，他的根基却大得骇人，任我的法术再大些，如何妄敢伤害他的性命？我的罪供已由我自家招认过了，请贵法师着落我，成全我的尸骸，快点儿叫我回去，我也不能逃活命。"

佟元点点头，便取出一把师刀来，交给邢柱说道："他当时伤害你生父及苇渡和尚的性命，是用的我们三元会中妙灵幡的法术，这种法术，极神秘又极厉害，中了这法术的人，当时只觉得坏去气功，不能抵抗，但不出三日必死，死后口中多喷出鲜血来。他用这法术伤害你父亲，又照样害去了苇渡和尚，仍保全他们的尸体。你今日报他的仇，若报得太厉害，就未免冤报相缠，生生不已。我有这把师刀给你，你打算怎么办？"

邢柱执刀在手，说："弟子可以处置他吗？"

佟元道："他的法力已坏，有我这把师刀，你尽可处死他，千万不能处死得过分厉害。"

邢柱听罢，早泪如泉涌般说："我今日才给父亲和老和尚报复大仇。"

旋说旋用刀在甄铨咽喉上戳了个窟窿，一抽刀，便喷出许多鲜血来，甄铨的尸首就随后向地上一躺。

忽地平地卷起一阵狂风，把屋内的烛光都吹熄了，在那阵狂风刮起来的时候，即见一个金甲神人，将甄铨的尸级抱在怀中，一转眼便不见金甲神人的踪迹，连甄铨的尸级也不见了。邢柱不禁一颗心几乎惊得跳出来。

欲知后事如何，且俟十九回再续。

第十九回

逞兽欲欺辱大弟子
论国仇歼杀三师兄

话说佟元当向邢柱问道："你的大仇报了，还站在这地方呆想些什么？"

邢柱哭道："适才这阵风来得奇怪，仇人尸骸被金甲神抱了去，这光景师父可瞧见没有？"

佟元笑道："这是我因你一刀已结果他的性命，怕再去肢解他的尸体，罚浮于罪，报复得极惨毒，冤不平时，报无休日。他今生虽无奈你何，来生要结毒到你身上，故显出一些法术，把他的臭皮囊着令金甲埋瘗深山，你不用大惊小怪。"

邢柱想是不错，学那顽石点一点头，便向佟元求道："弟子要学道法，为的是要报生父、老和尚的冤仇。如今仇已雪了，要学这道法有何用着？乞师父放弟子出去。"

佟元忙下了蒲团，向邢柱笑道："你可是汉子？"

邢柱道："是汉子。"

佟元道："是汉子说话，一句是单，两句是双，你曾说使你如愿以偿，这一辈子就不离开我左右，这话你该记得。人说邢柱是个好小子，无论我帮你报了仇，要你做我弟子，你不能拗却我这老面子，难道你这一点儿信用都不能保守，还算得是个汉子？你有什么缘故，尽可对我说，是不妨事的。"

邢柱道："师父肯恕弟子无状，弟子也只得实说了。师父这种法术的厉害还了得，但弟子终怕在三元会中的人，法术不正当，弟子不愿学师父的法术，毁誉信用，都在所不计。"

佟元道："法术本无所谓邪，无所谓正，用得邪便邪，用得正便正。"

邢柱道："怎样谓之用得邪便邪，用得正便正呢？"

佟元道："你别要在真人面前说假，看你资质很聪明，哪有解不开这两句的意思？譬如甄铨害死你父亲同苇渡和尚，这法力便用得邪了；我今天给你报复了大仇,这法力便用得正了。又如散脚道人将你兄妹押在落马镇地窖之间,要造他的子午阴阳剑,这法力便用得邪;癞痢头道人用神剑割取散脚道人首级,救脱你们兄妹,神剑虽不是法力,若是我们谙习法力的人干的事,这法力便用得正。"

邢柱道:"师父也知道这两件事?"

佟元道:"我岂但知道这两件,并且我要替秦师弟报仇,曾用移山排岳法,倒踏散脚的山洞,可恨那东西不在洞中,却只压死芙蓉母女,我还以为是一件很抱憾的事。"

邢柱也无暇问他秦师弟及芙蓉是谁,转问癞痢头道人,他的师父姓甚名谁,住在哪里。

佟元道:"我告诉你不妨,你得先拜我为师,并不要你不离开我左右。但不许你离开我这山洞,仍践我前言,你究竟是否能答应我?"

邢柱道:"弟子未尝不愿从师父学习法术,只是弟子学成法术,只能用得正。师父若叫弟子用法术去为非作歹,虽有师命,弟子亦不敢不违。师父是否许我,也得在事先说个明白。"

佟元道:"在我门下的人,无论我叫他们这样,他们不敢那样,叫他们进前,他们不敢退后,无如你的根基太大，我要你大成，在势又不能不成全你的志愿，不能以对待寻常人的旧例对待你，断不叫你去为非作歹。说一句回头话，你就不承认我这师父。"

邢柱便答应了，当向佟元行过拜师的大礼，又问癞痢头师父的来历。

佟元道："这人是绵山狄龙骏，他有五个最爱的徒弟，大徒弟便是癞痢头道人，还有安徽柳星胆及星胆的妹子柳舜英、太原方光燮及方光燮的妹子方璇姑。星胆、璇姑有两柄秋月青锋剑，阴剑名为青锋，阳剑名为秋月，星胆使得一股阳剑，璇姑使得一股阴剑，这青锋、秋月两柄剑，虽不及子午阴阳剑来得神速，却是练习罩门功人的对头星。光燮、舜英有两柄八宝雌雄剑，光燮佩着雄剑，舜英佩着雌剑，这两柄剑的功用，也大得不可思议。还有星胆、璇姑两人并用的乾坤镜，也是一件最神奇的法宝，比子午阴阳剑还厉害数倍。乾镜归星胆收藏，坤镜则由璇姑收藏。他们四人有这几件东西，看他们的能力，还比癞痢头道人厉害数倍。"

邢柱听完这话，早已印入心坎。

佟元便将邢柱仍旧带进铁屋，传给他的法力，每日必传授一次。

似这么过了四月，邢柱的天资很高，又有过人的定力，就只这几个月工夫，法力已学得佟元十分之三四了。不意佟元接连两日没有到铁屋中来，那铁屋门这时却关闭了，并且开关的机揿，邢柱知道得很详细。

这日，邢柱正坐在床上用功夫，紧闭双眼，把两手放在两个磕膝下，忽然门外有些脚步声响，便有人叫了声："五师弟！"

邢柱听这声音来得很熟，睁眼一看，正是玉面虎吕宁，不由下床迎接上来，笑容满面地说道："你们不是在芒砀山彭林那里，被恶鬼摄得无影无形？却好事隔三年，你还活灵活现到我眼前来。赤面虎张阿哥现在哪里？你们不要使我想坏了。"

吕宁道："正因今天赤面虎死得太惨，师父又不在洞中，特来告知师弟。"

邢柱道："张阿哥是今天死了吗？是怎样死的？你对我这样称呼，当然也入师父的门上，我见了你好喜，听张阿哥死了好痛。"

吕宁道："我本当早来见你，只因在这地方，被师父拘束得厉害，行止不能自由。可巧师父出了山洞，我才得来见师弟。"

邢柱道："且慢说这些闲话，第一句你先说张阿哥是怎样死的。"

吕宁道："是死在仇人手里。"

邢柱道："既如此，我们第一要紧的事，须给张阿哥报仇。"

吕宁道："师弟快不要说替他报仇的话了。"

邢柱道："难道那仇人本领高强，竟是个三头六臂不成？"

吕宁道："那人却是个少年闺女，本领虽有一点儿，却及不上师弟。说起来她也是你的师兄，现在却已逃到太原绵山去了。"

邢柱道："张师弟不是混账人，断不会强奸女子的，如何被女子害了？他的法力，难道还不及一女子吗？"

吕宁道："张师弟法力，何尝不及四师弟宋雅宜呢？并且张师弟是个铁石心肠，生平没有和女子接近过，如何说他有强奸女子的罪过？张师弟是我的三师弟，我们大师兄就是芒砀山锦毛豹彭林，第二是我，第三个是张师弟，第四是杀害张师弟的贵州女子宋雅宜，你是我的五师弟。"

邢柱道："他毕竟如何死在雅宜之手？"

吕宁道："雅宜因报仇杀死三师弟，并托我们替她杀一个人，他们的大仇，便如愿报复了。你道这人是谁？这人也是你杀父的仇人，就是我们的师父。"

邢柱道："你这是怎么说？我的杀父仇人是甄铨，不是我师父，我已报过仇，你何必要我做下逆伦的事？"

吕宁道："我且不知尊大人被人杀死的事，哪里知道你杀父仇人是甄铨还是师父？这是有人告诉我的。那人也没有说明尊大人当日遇害的缘故，但我听他的话很相信，就因他同宋雅宜的为人，也使我很相信。"

邢柱道："你这些话越说越使我不得明白了，三师兄，你不是也很相信他吗？请你要仔细剖给我听。"

吕宁道："欲剖给你听不妨，却要从我们在芒砀山时说起，你不用焦急，师父今日是不回来，我好细细地告给你。

"芒砀山大师兄的妹子棋儿，在大师兄心中想来，何尝不说棋儿有鬼物凭附在身上？你在棋儿房外，唪念金刚神咒，我同大师兄、三师弟也在那里。其时房外布了一阵黑气，我们的眼睛半点儿也看不见，像似已经瞎了的样子，浑身软得不中用，没有一些英雄气概，好像被一个厉鬼扯着我，也不知飞行多远的路，才将我放下来。我吓得六神无主，看三师弟也被鬼带来了。

"那厉鬼将我们两人放下来的时候，恰巧师父来了，放出他的飞刀，斩了厉鬼，只有一团黑气，入地便不见了。

"我们拜谢师父救命之恩，师父却说我们同他有师徒缘分，带到茅山石洞学习法力，三月受戒。师父对我们说，受戒后都要服从他的命令，戒律只算三元会的例典，凡有戒律和命令站在反对的地位，只得服从命令，不能用戒律违抗师父，如若擅敢违抗，我们便远隔数千里数万里以外，他要追取我们性命，也易如反掌。我们是知道他的厉害，不答应他的话，料想也逃不了他的手，没奈何，只得应允了。但我终觉这戒律是学道法人最要紧的东西，若戒律有时用不着，当初要立这戒律干什么呢？

"在师门有一年了，我们却又打听得一件事。原来师父真是个罪大恶极的浑蛋，我们哪里是被他救了性命，带到山洞中来的？彭棋儿身上凭附的鬼物，却是他这种孽障，闹到徒弟妹子身上来，怕徒弟察觉了，事实上发生挂碍，面子上又下不来，假托鬼物为名,瞒着徒弟的眼目,做下那样淫乱不法的事。在五师弟看,不论大师兄如何猜度,怎想到是自家师父暗中作祟,损失棋儿的名节呢?师父奸淫妇女,如同吃着小菜一样,最喜欢换个新鲜。他奸占棋儿十日工夫,也有些厌恶了,便没有人对付他,他也要决定撇了棋儿,再图奸占别人家的妇女。

"我们虽探听得这件事是师父做的,也只装作没有知道的模样。在他门下学了三年法力,他曾传给我们一种极厉害、极毒恶的法术,这法术名为将军令,极不容易炼成,炼成了功,一不用画符,二不用捏诀,神鬼在无形之中,听凭使用将军令法的人差遣。譬如他叫人跪,立刻间你就不能立着;他叫你死,你立刻就不能活着。他的命令一出口,神鬼便在暗中听从他的命令,真个比什么都快,其间不容毫发。中了这将军令法术的人,伤败在使法术的人命令之下,他还不知伤败在什么法力之下呢。若有人确知是使的将军令法,只将胸中一正,没有丝毫杂念充塞其间,邪鬼淫神,都不能侵犯他们,这法力便伤害他们不得。

"在三月以前,师父却把我招呼到跟前,说道:'我有个姊丈,也是我们旗人,姓爱名鹏,是贵州开州城内有名的大绅士,他将有大难,你可前去救他。

若遇不得已的时候，你就因救他的性命，大开杀戒，亦未尝不可。'

"我听受师父的吩咐，到贵州开州城来，问出爱家的门户，曾化名卫人杰，到爱鹏那里，显过一点儿把式，谋在他跟前，充当一个跟左。其时适逢落峰山的男女贼寇想夺复大清国的山河，前曾有开州的前任知府哈林，招募一班义勇队，攻袭贼巢，被落峰山人杀了个落花流水。哈林带领他的心腹，逃出开州，却终免不了死伤在同党人手里。落峰山的强寇声势越发浩大，不日要来围攻开州，那时开州城中风声鹤唳，一夕数惊。爱鹏同开州文武官员几乎吓得连尿屎屁都挤出来，战因无人，守亦不易，大家共同商议个善全办法。那些人闻得落峰山的声势厉害，没有敢捋强寇的虎须。

"我实在不能坐视，便在大庭广众之间，想替他们帮忙。不料反受白眼，使我的颜面上太下不去。我的脾气，不肯受人恭维，亦不能受人折落，并知那班贼党虽然背叛朝廷，但他们未尝没有他们的道理。

"我只得回见师父，师父怒恼我违拗他的命令，要立刻拿我开刀。却好三师弟出来，向师父求情，师父将我重重惩罚一下，转令三师弟到开州去，救脱爱鹏性命,将落峰山的男女强寇,悉用将军令法追取他们的性命,违令绝不宽贷。

"三师弟果然不敢违拗师父命令,将落峰山的强寇全数歼平,爱鹏也得安然无恙。回归山洞复命时,不想师父那天因早间占了一课,课中当收个女徒弟,并指示地址。

"师父按照地址,到剑门山寺去,将那个女徒弟用法摄进洞中来,师父摄进洞中的女徒弟,就是伤害三师弟的贵州女子宋雅宜,是我的四师弟。师父看雅宜生得太标致了,想转动她的念头,无如雅宜的性格贞静,师父料想要强污她的人格,恐怕办不到,用好言安慰她,用手段牢笼她,看四师弟已经承认做师父的徒弟了,师父便传授她的法力,准备慢慢打动她的心肠。

"岂知宋雅宜虽是个千金闺女,却也是落峰山贼寇呼同一气的人。她在面子上虽被师父慑服下来,骨子里却衔恨师父同三师弟入骨。她胸中早有定见,想趁有机会,好报复落峰山人的大仇。

"前天师父到雪山去采办药草,说是三天后方得回来。我因这两天独自练习法力,胸中忽然有些热辣辣的,便到三师弟丹房里,想大家谈几句体己的话解解闷儿。岂知到了三师弟房里,那种惊魂动魄的惨事,便显到我的眼前来了。看三师弟身首都已离开,僵卧在血泊里,面前站的是四师弟,同一个少年的女子。

"那时,四师弟指着三师弟的尸首骂道:'你也是我们同族人,你祖宗也受过异族人的欺凌残杀,你跟随异族人学习法力,残杀我们许多同族的男女血性英雄。我恩姊穆玉兰,因为异族人抢夺我们同族人的产业,残杀我们同族人的祖宗,想凭着铁血,把这山河光复过来。就是不幸以身殉国,也该死在异族人手里。不幸被你这个同族人想巴结异族人,燃箕煮豆,残杀我们铁血团中的同志的男女英雄。异族人是蛇,你便是养蛇自噬的人妖;异族人是虎,你便是为虎择肉的死鬼。我今天不锄杀你,不能给已死的铁血英雄报仇,不能给未死的铁血英雄泄愤。看你也有今日吧!'

"我听她说着这话,心里早不禁愣了愣。"

欲知吕宁再说出些什么来,且俟二十回再续。

第二十回

蓄志诛仇袖中怀宝镜
苦心全孝方外灭元凶

话说邢柱当向吕宁说道："后来是怎么样的？"

吕宁接着向下说道："本来我见三师弟惨死的光景，想近前同她们拼个死活，好给三师弟报雪冤仇。不知怎的，听雅宜数落三师弟这派光明正大的话，一句句都穿透我的心坎，觉得她这话大有道理，岂是我们这些粗鲁汉子能说出半个字来？什么是师父？他们说起来真算我们汉人的仇人，他们的祖宗，还是我们汉人祖宗的仇人，他处处想逼迫我们汉族人，牢笼我们汉族人，为他们做牛做马，同室相残，残杀我们汉人当中有血性的人物。他要救爱鹏，残杀我们汉人当中有血性的人物，他却不出面，叫我们汉人去残杀我们汉人，救护他们，这东西的手段还了得吗？

"不瞒五师弟说，我听了雅宜的话，不但不要给三师弟报仇，反佩服雅宜的胸襟胆量，着实令人敬畏。不过三师弟受师父的愚弄，做我替身，竟做下残杀同族人的事，末了免不了这场结局。想起同师同门的情义，我很替他可惜，替他扼腕。当时走进房来，和雅宜及面生的女子坦诚相见。她们也看出我是个爽直汉子，竟将她们的真情告诉了我。

"原来那女子是山西狄龙骏的弟子，安徽柳星胆的胞妹柳舜英，奉她师父的命令，带着两面乾坤镜，到茅山来，趁师父不在石洞，按照她师父吩咐，进出石洞的机关，到雅宜丹房中来，把来的意思对她说了，且说我三师弟要算雅宜的仇人，理应雅宜处死三师弟的性命。师父也算雅宜的仇人，不过我五师弟的尊大人和苇渡老和尚都死在师父手里，舜英却说是由她师父吩咐的，要处死佟道人的性命，就非得由邢公子亲自动手不可。

"雅宜听了，前同舜英到三师弟的丹房。雅宜蓦地向三师弟喝了声：'须偿还穆小姐的性命来！'

"三师弟约略看雅宜来者不善，并且又有个帮手,急运动他将军令的法力,不想舜英早放出两面乾坤镜来,向三师弟面上照了照。三师弟不运用法力来处死她们倒也罢了,一运动这将军令的法力,不由被乾坤镜照得浑身抖颤起来,哪里还能使出将军令的法力呢?早被雅宜取出法术,容容易易抉了他的首级。

"原来这乾坤镜虽是很厉害的法宝,但寻常不会使法力的人,却伤他不着;会使法力的人,没有使着法力的时候,也伤他不来。三师弟不使用将军令的法力,生死还未可预知,毕竟冤报循环,凡事总难逃得天数。"

邢柱听到这里,插说道:"师父曾对我说这乾坤镜的厉害,我只不知是怎样的厉害,原来还是使用邪法的人对头呢。"

吕宁道:"你让我再说给你听。柳舜英看穿我的心路,便将那乾坤镜给了我,说道:'这乾镜是家兄的,坤镜是我嫂子方璇姑的,由我师父暂向他们取来,交给了我。我已帮宋小姐报了仇,仍遵师父的命令,转将这两面镜子,托老哥转给邢公子。他报了杀父的仇,可到绵山纯阳庙问癞痢头道人,将这法宝仍由我师父归还家兄星胆和我嫂子璇姑,我立刻带宋小姐回绵山复命，后会正长，请从此告别。'说着，便带雅宜到绵山去了（至于雅宜和李鼎如何会面，《红颜铁血记》中人物如何了局，方、柳姻缘如何成就，还有许多未了情节，预在《双剑缔姻记》书中作一大结束，并非作书人会出漏洞）。

"我将她们送出石洞，即遣动六丁六甲，将三师弟尸首敛埋入土，还暗暗向他祝道：'非是愚兄不肯给老弟报仇，实因大义昭然，请老弟安心入土。'"

邢柱道："你这话越说越对了，师父也说乾镜已归柳星胆、坤镜归璇姑收在身边，并且癞痢头道人如今已有线索了，他是我的大恩人，我不是他，焉有今日？我虽未能决定师父是杀我生父、杀我恩师苇渡老和尚的仇人，但现在忽然明白过来，师父是我们汉人的大仇人，我爱师父，我更爱同族人，便是师父没有杀我生父、杀我恩师苇渡老和尚，仍有这公仇的关系，分明大义昭然。我也顾不了师徒情分，这股怨毒之气，一般也结到他身上去。我不想杀死他，也对不起我们同族人。乾坤镜可带来没有？不妨拿出来给我看一看。"

吕宁便从身边取出乾坤镜来，交给邢柱手里。邢柱看那两面镜子，像两个团团的月亮，寒光逼人，黑得铁室中如积水空明，几疑此身在水晶世界，便将镜子收好，向吕宁商量道："师父的法力，须不比我们师兄弟，他又知道这乾坤镜的厉害，若见了他，先举起这两面镜子，要同他为难，他有神剑，便不使用什么法力，也能伤害我们性命。虽有这乾坤镜，他没有使出法力，这乾坤镜却不能奈何他，这事情就糟透了。不若先诱他使用法力给我看，冷不防掣出这面乾坤镜来，谅他绝逃不了我们的毒手。"

吕宁道："这又何难？师父归来时候，必然追究三师弟的下落，我只说有个人到石洞中，和三师弟角斗，被那人抉去三师弟的首级，及至我们惊觉了，那人已借遁逃去了，却又不见四师弟的下落，我们只得将三师弟敛埋了。师父若听说那人是借遁逃去，必不疑惑到太原狄龙骏门下的人，当猜想是会法术的人做下来的血案，才会借遁逃走。他要审定会法术的人是谁门下的人，必要将三师弟的尸级作法搬弄出来，相验致命的伤，是使的哪一类的法术。估猜他的意思，当以为我们三师弟是被甚样法术伤害致死，便能明白是谁门下的人做下来的事。"

邢柱道："你的话像煞也有点儿道理。"

两人又商量多时。

这日，佟元从雪山采药回来，先到雅宜丹房里，不见雅宜；再转到邢柱房里，没看见邢柱在那里；又转到张义的丹房，如何还见到张义呢？

佟元叫了声："好奇怪！"

最后走到吕宁的丹房，看邢柱、吕宁二人相抱而哭，哭得甚是凄惨。

佟元便问道："什么事，号哭到这个样子？"

邢柱、吕宁果见佟元回来，同时都向佟元面前跪下。

吕宁道："师父回来了吗？可怜三师弟不知同谁人斗法，竟是死了。四师弟也被那东西抢劫了去。"

佟元听了，转问邢柱道："你说！"

邢柱哭道："昨天下午，弟子在房里用功夫，远远听得阵阵的风响。走出房来一看，似乎见有许多天兵天将在前面一座红屋外，对打对杀。"

佟元道："那是你三师兄张义的丹房，那些天兵天将是双方都会使用将军令法，先是无形的暗斗，双方法力不相上下，就要明目张胆，各请这许多天兵天将，兵对兵杀，将对将打。以后你看是怎样？"

邢柱道："弟子只想不出是什么变故，出门刚走没多远，忽然那些天兵天将都不见了。忽听得有人喝了声:'哪里走,须还我三师弟的性命!'接着,又听很悲伤的声音在红屋里号哭起来。

"弟子走进红屋看时,却是吕阿哥抱着张阿哥的尸级痛哭。弟子胸中有许多话要向吕阿哥问来,忽听得女子哎呀叫了声苦。吕阿哥连忙起身出来,到红屋右边一处丹房里,弟子也跟随在后,却见吕阿哥在那屋子里找寻了一会儿,连连跺脚急道:'四师弟也被那东西抢劫了去了,想那东西绝对是借土遁逃走的,三师弟且伤在他手,我的法力料也不是他的对手,师父又不在石洞,叫我如何救得四师弟回来呢?'

"弟子当时便问吕阿哥:'你们不是在芒砀山被鬼魅暗害得无影无形,怎么你们也到这里?张阿哥是谁人害死的,你四师弟又是谁人?'

"吕阿哥当时便告诉弟子说,在芒砀山被鬼魅将他们两人劫了出来,幸得中途遇见师父,斩了鬼魅,救得他们两人的性命,带到茅山石洞,传授法力。四师弟是贵州女子宋雅宜,不幸师父不在山洞,竟遭这样的祸事。我看见天兵天将酣斗时候,连忙跑到三师弟那里,三师弟却被仇人砍了头了,那仇人已不见踪迹。空中的天兵天将也一无所见,只打算他杀了三师弟，已借土遁逃走，不想我到四师弟房里，又将四师弟抢劫了去。这东西不知是哪条道路的人，和我们三元会人有什么过不去，乘我师父不在山洞，无端来下这样的毒手。我且遣用六丁六甲，将三师弟埋葬入土，明天师父回来，大略师父决然估出那东西是谁。凭师父的法力，没有不能替三师弟报仇，将四师弟救回山洞。

"吕阿哥埋葬了张阿哥，弟子同吕、张两位阿哥既系至好朋友，又有同门的情义，我今天想起张阿哥这样的结局，不由在吕阿哥房里相抱而哭。不想师父今天回山洞来了，请师父快给死者报仇，并救生者出险要紧。"

佟元听了讶道："是谁呀？"偏着脑袋想了想说，"这件事，既不是剑门山竹林寺真如干的，又冤赖不到绵山纯阳庙狄龙骏峰上，什么人竟有这么大的狗胆，来栽我一个筋斗？"

邢柱道："弟子同吕阿哥猜想，怕是甄铨一类的人。因甄铨虽被弟子一刀刺死，报了大仇，却是师父拘获前来，所以他的同党中人，结怨在师父身上，乘师父不在石洞，来打这么一个翻天印。"

佟元摇摇头说："这个怕也未必。也罢，现在三元会、八卦教、天地会、红枪会、大刀会、神拳会、红莲教、白莲教，这许多会使法力的首领，都有一手擅长的法力，讲不起，我作法将张义的尸级显出来，相验他致命的伤，十九便明白哪一条道路的人做的事。张义葬在哪里？"

吕宁道："就葬在他的丹房背后。"

佟元道："你们起来，且侍立我左右。"

邢柱遂起身侍立佟元右侧，吕宁侍立佟元左侧。佟元默念真言，一个"起"字没叫出口，邢柱早祭起两面乾坤镜来，两道光芒向佟元全身笼罩着。说也奇怪，吕宁没使着法力，这两道光芒也穿到他的身上，依然是行所无事的样子，向佟元背后退下。

佟元正在使用法力，搬运张义尸首，身体却被这乾坤镜的两道光芒笼罩得不能动弹了，哎呀呀一声怪叫，再想使出别样的法力处置邢柱死命，岂知不想使用别样法力倒也罢了，才将这念头一转，早颤抖打了个寒噤，浑身抖个不住，身体软得向地上一躺，哪里能使出半点儿法力呢？便向邢柱抖颤道："你……你……你这个东西，是……是……是谁送你的？你……你……你是我徒弟，怎……怎……怎么杀起师父来……来……来了？"

235

邢柱道:"我胸中只知报仇,不知有师父,这镜子自然是有人送我的。你的死期到了,你可有什么话要对我说?"

佟元流泪道:"不……不……不用说,我在二十年前……前……前已早知有今日了,非是我……我……斩草留根,实因你的根基太……太……太大,福……福……福泽极厚,我的法术,可也不……不……不小,见了你总觉没处使,我……我……我不是真心想同你解释冤仇,也不收你做……做……做我徒弟。你给你生父和苇渡和尚……尚……尚报仇,伤害了我,但……但……但是化名甄铨,先后杀……杀……杀死鲁能,及苇渡……渡……渡和尚,三月前杀的那……那……那个甄铨,是我……我……我用的三元会幻术,杀了甄铨,只……只……只算坏了我一根竹枝。我所以害你生父及……及……及苇……苇……苇渡和尚的缘故,也就是假甄铨说的那……那……那些缘故,我只当迷……迷……迷蒙了你的眼藏,用一个假甄铨,算是帮你报雪大仇,使……使……使你消灭报仇的观念,随我做徒弟,这冤仇谅可解释了。谁……谁……谁知有人来帮助你,送你这……这……这面镜子,拆……拆……拆穿我的秘密，冤冤相报，到了这一步，我绝对逃不了。吕宁大略也和你互……互……互通一气，不……不……不过我们也算师徒一场，你要保全我的尸骸，照着对付假甄铨的法子对付我就好……好……好，我的时候到了。"

邢柱心里一笑，早流下泪来，说："你放心，报了仇就算了。"旋说旋将右手一面坤镜插在束带上，那镜光仍向佟元笼罩。

邢柱用右手取出师刀，在佟元咽喉间猛然戳下，抽刀已喷出许多鲜红的血。看佟元两目一瞪，两手、两脚一伸，已是呜呼哀哉，伏惟尚飨了。

吕宁急使邢柱收了乾坤镜，取一套衣服给他换过，又将佟元的尸首敛埋入土。

邢柱在洞中哭罢一场，回顾吕宁道："我的大仇已报，第一件要紧的事，须到十虎村看视我妹子小娥，叫她听了我报仇的事，心里欢喜。便从十虎村到绵山去，拜谢狄老英雄师徒恩情，就此交还乾坤镜，并访问贵州宋雅宜小姐着落。未知哥的意思怎样？"

吕宁道："很好，自然我得陪你一行。"

两人出了石洞，邢柱曾向吕宁说道："兄弟就因报仇的事，出生入死，在江湖上历尽许多风险，终能得偿夙愿，可知'有志者事竟成'的一句格言终不欺我。我们以后非到不得已的时候，不能枉结冤仇，前车已覆，后车当戒，勿为泉下佟元所笑。"

吕宁道："你的话很有道理，哪一句不嵌到我这心坎里。"

两人又略略畅叙一番，便回到阌乡十虎村去了。

图书在版编目(CIP)数据

江湖历险记 / 何一峰著. -- 北京：中国文史出版社，2025.3

（何一峰武侠小说）

ISBN 978-7-5205-3878-7

Ⅰ.①江… Ⅱ.①何… Ⅲ.①侠义小说-中国-现代 Ⅳ.①I246.5

中国版本图书馆 CIP 数据核字(2022)第 199671 号

责任编辑：牟国煜

出版发行：	中国文史出版社
社　　址：	北京市海淀区西八里庄路69号院　邮编：100142
电　　话：	010-81136606　81136602　81136603（发行部）
传　　真：	010-81136655
印　　装：	廊坊市海涛印刷有限公司
经　　销：	全国新华书店
开　　本：	880×1230　1/32
印　　张：	7.75　　　字数：118 千字
版　　次：	2025 年 3 月第 1 版
印　　次：	2025 年 3 月第 1 次印刷
定　　价：	58.00 元

文史版图书，版权所有，侵权必究。

文史版图书，印装错误可与发行部联系退换。